日下陽介
都内の大学に通う二年生。
教育学部家庭科専攻。
家事全般を担当。
桂月也
都内の大学に通う三年生。
理科大学物理専攻。
二人暮らしは陽介任せ。
CHARACTERS

プロローグ

前代未聞の緊急事態宣言が出されて、三日目の夕方の事だった。

四月九日。本来なら理科大学の学部三年生として、卒業論文に向けた研究を始めていたはずの桂月也《かつらつきや》は、ベランダの落下防止柵にもたれかかり加熱式タバコを口に運んだ。

「世界なんていっそ滅びればいいのにな」

少ないとはいえ煙を吐き出しながら、月也は自嘲するように笑う。その姿がどこか悪魔めいて見えたのは、沈み始めた夕日がもたらす赤のコントラストのせいかもしれない。

癖の強い黒髪もまた、その印象を強めている。これで耳が尖っていたら、それこそ本物と言えたけれど。その耳は、悪魔と呼ぶにはチャーミングな丸い耳だった。

「それ、あの日も言ってましたよね。あの夏の日にも」

彼の左隣に並び、なんともなしに通りを見おろしていた日下陽介《くさかようすけ》は、呆れを込めてため息をついた。あまりに深いため息だったせいか眼鏡の位置がずれる。右手の中指で直せば、今度は前髪が落ちてきた。月也とは違う癖のない髪を払いのけ、陽介は「相変わらず物騒な」と肩をすくめる。

あれは、陽介が高校一年の夏休みのことだった。実家のある田舎町では連続放火事件が起きていて、あの日も科学部の部室たる物理実験室の窓からは、消火間際の黒煙が細く残っているのが見えていた。

それを眺めながら、月也は呟いたのだ。

世界なんていっそ滅びればいい――

「だってさぁ、日下。世界が滅びちまえば未来もなくなるだろ。それって俺にとって好都合じゃん」

「実に桂先輩らしい、悪魔的発想ですね。そんなに嫌なら、実家なんて継がなきゃいいじゃないですか」

「まったくな」

月也は薄暗い瞳で笑い、細く煙を吐き出した。そうして、左手の指の間に挟んだタバコの先を人気のない通りへと投げ出す。駅まで徒歩二十五分かかる、いわゆる閑静な住宅街とはいえ、夕暮れ時にここまで人の姿がないのも珍しい。

静かだ。

ここがあの町ではなく、首都圏であることを忘れそうになるくらいに。あまりに静まり返っているその原因は、考えるまでもなかった。

緊急事態宣言――人々の日常は、偉い人の一言であっさりと終わりを迎えた。それくらいに、あるいはそれ以上にあっさりとした口調で、

「でもさ、俺まだ『完全犯罪計画』浮かんでねぇんだもん」

月也は告げる。

本当にあっさりと。けれどその身がまとう空気は、名前の通り三日月のように冷ややかな、研ぎ澄まされた鋭さを放っている。

「ってことは『桂』を抹殺してやることもできないわけ。大学卒業までのあと二年でそれが浮かばないとしたらだ、当面は継いでやるフリするっきゃないだろ。二世議員――いや、俺で何代目かも分かんねぇ世襲政治なんて反吐が出るほどくだらなくてもな」

「僕からすれば、完全犯罪計画の方がくだらないですけどね」

陽介は、今度は眼鏡のブリッジを押さえながらため息を吐き出した。

きっと、なんでもない人の発言だったなら、行き過ぎた冗談として聞き流せたのだろう。

けれど、桂月也は違うということを、陽介は知っていた。

高校生の夏、彼は一度実行している。「桂」――両親の殺害計画を。

失敗に終わったあの件に関わったのが、陽介にとってのターニングポイントだった。

（「親殺し」かぁ……）

それを、完全犯罪として完遂する。月也がそんな思考に育ったのは、当然ながら「家」のせいだ。彼の家は殺意が生まれるには充分なほど、いわゆる「複雑な家庭」だった。

（厄介なもんだな）

もう一つ、陽介はため息をこぼす。通りに久しぶりに見えた人影は、口元だけが浮いて見えた。真っ白なマスクのせいだ。

どこもかしこも売り切れなのに、どこで購入したのだろうか。そんなことをぼんやりと思いながら、陽介は呟いた。

「でも。だったらどうして関東の大学なんかに？」

計画とやらが思い付いた時すぐに実行するためには、あるいは、どうせ実行するならあの町なのだから、現場となる「舞台」にいた方が都合が良さそうなものなのに。月也はあの町からは遠く離れた首都圏の、理科専門大学に在籍している。

「日下。科学ってなんだと思う？」

「捜査の役に立つもの、ですかね」

「お前それ、わざと言ってるだろ」

ケラケラと月也は声を立てた。つられて陽介も軽く口元を緩める。月也は笑いを静めるかのようにタバコの端を少しだけ噛んだ。

「確かに捜査の役にも立つけどな。だったら尚更、その知識を上回れたらどうなるんだろうな。それでも俺は見つけ出されるのかな？」

「……………」

「他にもさ、大学って便利なんだよ。ゼミ生ってだけで薬品に近付き放題なんだからさ。高校の時はわざわざ科学部作ったのに、結局薬品庫の鍵は手に入んなかったし」

心底残念そうに月也は細長い煙を吐き出す。そんな彼の目元を軽く睨み上げ、陽介はサンダルの先で錆びた柵を蹴り飛ばした。

すぐそこまで迫った紫陽花《あじさい》の葉が、小馬鹿にしたように揺れる。剪定もされず、放置されたあまりに二階まで伸びた紫陽花。その姿がどこか月也と重なって見えるのは、鬱蒼としているからだ。陽介は、重なり合う葉が深める影に、腹立たしさを募らせた。

何が、完全犯罪だ、と。

「ったく。馬鹿じゃないですか」

「はぁ？」

「あーもう、なんか機嫌悪くなったんで、夕飯はカップ麺でいいですか」

「いいわけねぇだろ。ふざけんな。お前が家事担当って条件で家賃七・三にしてんだろうが。きっちりその分の働きみせねぇと、来月分割り増しするからな！」

「……桂の親父さんの力なら、こんな似非《えせ》リノベーション賃貸じゃなくって、駅徒歩五分の新築物件に住めたはずなんですけどねぇ」

「誰があんな、汚い金の力なんか借りるかよ」

「はいはい。そのために特待生になって学費免除獲得したんですもんねー」

聞き飽きたという気持ちをサンダルと共に脱ぎ捨てて、陽介は室内へと戻る。もとは1Kだった部屋二つをひとつなぎにした物件は、そのために居間の位置が悪い。ベランダから見ればそれぞれの自室の向こうだ。

黄ばんだ畳を踏んだ先、開けたままにしてあるふすまを抜けて居間へ。ここをスマートに通り抜けられないのは、部屋のサイズに合わない二人掛けソファと、丸いリビングテーブルのせいだ。あと、少し贅沢に思える大きめの液晶テレビでいっぱいいっぱいのため、陽介は横歩きをして、ソファとテーブルの間から、廊下とも呼べない玄関へと続くスペースに入る。

キッチンは居間を出て右手側。リビングを覗けるセミウォールなどではなく、寒々しく区切られた一部屋になっている。唯一褒められる点は、コンロが二口あることだろう。首都圏でありながら、都市ガスではなくLPガスではあるけれど。

「まあ、そこまで徹底して保護を拒絶できる実力は、正直羨ましいですけど」

キッチンまでついてきた月也を見ることなく、陽介は灰色の冷蔵庫を開けた。不要不急の外出は控えたいところだけれど、明日は買い出しが必要そうだ。少し芽が出始めたジャガイモを取り、陽介は月也に持たせた。月也はまじまじと、芽を見つめる。

「ソラニンって——」

「毒性はありますけど、吐き気や下痢、腹痛、頭痛、めまい程度ですよ。体重五十キログラムの人で150ミリグラム以上摂取すれば致死可能性はありますけど、ジャガイモの可食部分100グラム当たり平均して7・5ミリグラムの含有量しかありませんから。緑に変色した部分なら、100ミリグラムに増えますけど」

「緑の部分だけか……さすが日下。家庭科教育専攻なだけあるな」

「それもありますけど。どちらかと言えば『農家の長男』の知識ですね。ジャガイモの芽を誤って食べたらどうなるか、父が教えてくれましたから。いずれ継ぐんだから、野菜の知識はあった方がいいだろうって。農林水産省のホームページで簡単に調べられますよ」

「でも、お前んとこジャガイモなんか作ってねぇよな」

「よくご存じで。さすが、あの町を統べる桂の御曹司だ！」

月也をからかいながら陽介はニンジンを手にする。袋に張られた産地を示すシールに、なんとも言えない気持ちになった。これはもしかしたら、知り合いの畑から出荷されてきたものかもしれない。

（あいつは農業高校に行ったんだっけ）

中学のクラスメイトは当たり前のように進学していたから、今日も当たり前のように畑に出ているだろう。ぼんやりとしてしまった陽介の視界からニンジンが消えた。代わりにジャガイモが戻ってくる。何を思ったのか――あるいは陽介の心を読んだのか、月也はさっさとニンジンの袋をゴミ箱に捨てていた。

「日下は農家じゃなくて、家庭科の先生になるんだろ。料理くらいしか能がねぇから」

「……料理くらいって失礼ですね。料理すらできないくせに」

「完全犯罪に必要になったら覚えるし」

フルコースでも満漢全席《まんかんぜんせき》でも、と月也は笑う。陽介は呆れ、深くため息をこぼして玉ねぎをつかんだ。メニューを考える気力も、そもそも選択肢もあまりない。今夜はカレー一択だ。子どもみたいに辛さを苦手とする月也に合わせた、甘めのカレー。

その甘みを生み出すための玉ねぎをみじん切りにしながら、一度きつく目を閉じる。硫化アリルが目にしみて仕方がなかった。月也と比べたら低い鼻をすすり、幾度か瞬いてから再び包丁を動かし始める。

（素材を扱うのは好きなのに、生産する側にはなりたくないなんてなぁ）

きっと自分は、ひどくわがままだ。硫化アリルを吹き飛ばすように陽介は息を吐く。しかもその決意も中途半端で、月也のように家を絶やすための「完全犯罪」を企むほど徹底してはいない。

それほどの能力がないことも分かっている。陽介にできることはせいぜい、大学に通うという大義名分を掲げ、あの町から逃げ出してくることくらいだった。散々渋った親を説得できた理由は、町の有力者たる桂のご子息とルームシェアするから、だった。

そうして手にした自由時間。

うまく使わなければと思うものの、ふと口からこぼれるのは、月也と同じ願いだ。

「本当、いっそ世界が滅びればいいですね」

「じゃあお前も一緒に考える？　完全犯罪」

「馬鹿じゃないですか」

玉ねぎによってもたらされた涙を拭い、陽介は月也へと手を伸ばす。彼が持ったままだったニンジンを受け取った。同じ町で生まれ育ったそれに、ピーラーの刃を食い込ませた。

（ほんとムカつく）

腹が立つのは、月也に「善」であってほしいという願望のせいだ。あの夏――違うようで同じものを心に抱えた、似た者同士だと気付いたあの時から、陽介は願っている。

月也にはもう、堕ちてほしくない、と。

そのために、陽介はここにいる。

彼の卒業までの、二年限りだとしても。自分がここにいることで、何か変わることがあれば……。

（あと、二年で）

思いばかりあっても、何かができるわけでもない。八つ当たり気味にニンジンを乱切りにする陽介の耳に、やけに明るいＣＭソングが聞こえてきた。いつの間にか居間に移った月也が、テレビを点けたらしい。

新型感染症の陰鬱さとはかけ離れた陽気なＣＭは、自分の特技・スキルを売り物にしよう、などと訴えかけているようだった。

「スキル……」

何かつかめそうな気がしながら、陽介は玉ねぎを飴色に炒め始めた。

第１話　グリーンサムには程遠い

六時にセットしたアラーム機能に起こされ、陽介はあくびをこぼしつつ、夜間のメールを確認する。といっても「0件」だ。

（今日も依頼はなし、と）

CMにつられて登録してみたスキル販売サイト「スキル∞むすび」。その存在を初めて知った日、飴色玉ねぎを作る過程で思考がまとまり、片手間にネットショップをオープンしてみたけれど。

あれからもう、二週間。そう簡単に依頼が来るものではないようだ。

（スキルの販売内容が悪かったかな）

そもそもにして、出店動機も良かったとは言えない。布団をあげながら、陽介は反省を込めて眉を寄せる。

あの時は、月也を犯罪者にしないこと、ばかりを考えていた。

だから、犯罪者の反対に位置することをしてみようと——「探偵」という発想に至って満足してしまった。そのまま、勢いで登録したのだから、やはり反省するしかない。

（閉店した方がいいかなぁ）

二週間という経過が、見切りを付けるタイミングとして相応しいかは分からない。ぼんやりと考えながら、陽介は寝間着にしている高校時代のジャージを脱ぐ。

緊急事態宣言のせいで大学はないけれど、着替えるのは日常生活の維持のためだ。いざ講義が始まった時にボケないように。とはいえお洒落に興味のない陽介だから、ブルーのジーンズにシャツを合わせる程度だけれど。

着替え終えると、陽介はストレートの髪を手櫛で整えつつ居間に出た。朝から電気を点けなければならないのは、間取りがおかしいからだ。居間に面する窓はない。陽介の部屋のふすまを開けたままにしておいても、採光という面では不満がある。

電気代にもったいなさを感じる蛍光灯に、部屋の三分の一を占拠する臙脂《えんじ》色のソファが照らし出された。その向こう、閉じられたふすまに寝息を感じる。どうやら月也はまだ寝ているらしい。

構わず、テレビを点けた。

平日の習慣を残すため、時計代わりのつもりで流すニュース。普段はそのままスルーしてキッチンに向かう陽介は、画面に映し出された顔に足を止めた。

有名な女優が、新型感染症によって亡くなっていた。

緊急事態宣言前には、お茶の間で人気だった芸人が亡くなっている。

それは、テレビの向こうの出来事とは言え、妙に危機感をあおった。本当に、感染症はどこにでも存在し、確実に広がっているのだと。「知っている顔」が容易く死ぬように、次は自分の番かもしれない。そう思わせる、脅迫的な説得力があった。

まして、感染症の死者とは、死後の対面が許されないという事実ときたら。火葬され、骨にならなければ遺族のもとに帰れない——葬儀すら当たり前に執り行えないというのは、あまりにもぞっとした。

だから。陽介は逃げるようにキッチンへと向かい、急いで冷蔵庫を開けた。今朝の気分は米だ。それに合わせたおかずを考えようとして、ドアポケットに不穏な気配を感じる。

「なんで」

思わず声をもらし、べっこう色の眼鏡を押し上げる。見間違いであることを願いながらそれ――未開封の牛乳パックを凝視した。

(なんで今日が賞味期限なわけ?)

開封済みならまだしも、何故、一〇〇〇ミリリットルのままなのか。一度冷蔵庫を閉じてから考える。牛乳を買ってくるのはいつも月也だった。だから、この牛乳も彼の仕業で間違いない。となれば、未開封のまま放置したのも彼だ。

(ああ、ステイホームだからか)

月也が牛乳を消費するのは、決まって朝のジョギングのあとだった。プロテインを買う金銭的余裕はないからと、たんぱく源として選んでいたのだ。けれど、緊急事態宣言に加えてステイホームまで叫ばれるようになってからは、彼は日課だったジョギングを止めてしまった。

万が一にも、感染するわけにはいかないからだ。

「村八分」的思想の残る田舎町でのこと、たとえ何百キロと離れた場所に居ようとも、親族が感染したとなったら話題にされてしまう。それが桂一族のご子息となったら尚更だ。都会で野放しにしているのが問題だと、あの町に強制送還されるだろう。

(……夜はシチュー確定で。朝は、フレンチトーストでも焼くか)

確か、食パンの賞味期限も過ぎている。割引を狙っているのだから、期限に文句は言えないのだけれど。パサパサに乾いた食パンは、卵液を吸わせるにはちょうどいい。

できれば香りのいいバターを使いたいところだけれど、そんな高級品はこの家にない。マーガリンで代用し、蜂蜜もメイプルシロップもないから、フレンチトーストと言うよりも「食パン入り厚焼き玉子」にしかできそうにない。

そこまで考えて、陽介は左右に首を振った。そんな妥協をするくらいなら、フレンチトーストなど作らなければいいのだ。普通に玉子サンドを作り、牛乳はインスタントコーヒーと合わせてカフェオレということにすればいい。どうせ、洒落たブレックファーストなど男所帯には似合わない。

(桂先輩は玉子サラダ派だっけ)

玉子焼きを挟んだものよりも、玉子サラダのサンドイッチの方が好みだったはずだ。家賃分の働き、というよりは、食べる相手のことを気にして陽介はメニューを決定した。せっかくだから軽くトーストし、「ホットサンド風」ということにしよう。

そうしてできた朝食を、まずはナチュラルウッド調の丸いテーブルへと並べる。ソファと同じく三分の一を占めるこれは、月也が大学のゴミ捨て場からゲットしてきた戦利品だという。だからサイズ感が滅茶苦茶なのだ。ソファも、アルバイト先の先輩にもらったものだという。だからサイズ感が――不満を呑み込んで、陽介は背もたれを乗り越えた。そうしなければ近付くことができない月也の部屋は、別に隠し部屋というわけでもない。

陽介の部屋と同じ模様のふすま。当然鍵などかからない間仕切りを、陽介は勢いよく開け放った。

「先輩、朝飯の時間です」

畳の上に置かれたパイプベッドの上で布団がばさりとめくられた。一見すると寝起きが悪そうな顔をしているけれど、月也はごねることなく目を覚ます。

地毛なのか寝癖なのか分からない真っ黒なもじゃもじゃ頭を掻きながら、背もたれを乗り越え、そのまま月也はソファに収まった。着替えなど考える気もなさそうに、上下とも灰色のあちこちよれたスウェット姿のままで、カフェオレをすすりながらテレビのザッピングを始める。その姿は、どこかロシアンブルーを思わせた。

「着替えくらいしたらどうですか？」

「んー……」

完璧な生返事だ。陽介は肩をすくめると、軽いため息とともにソファに腰を下ろした。玉子サンドの皿をテーブルから膝の上へと移動した。

「……ここにもソーシャル・ディスタンスが欲しいですね」

テレビ台・テーブル・ソファを並べただけで埋まってしまう居間だ。だから、必然的に食事は対面ではなく、横並びになる。それも、基本的にはソファの上か、そのすぐ下。何が悲しくて、肩寄せ合って食事をしなければならないのか。ため息をこぼす陽介のとなりで、月也は退屈そうにザッピングを続けていた。

「感染症の話ばっかだな」

「そりゃそうでしょう。ほかの話題にしたって視聴率取れるか分からないんですから」

「むしろ取れる……わけねぇか」

ふと、月也の手が止まる。画面の雰囲気が変わったのはCMだからのようだ。コミカルで耳に残るキャッチーな音楽が流れた。

『スキルと欲しいを結びましょ！　スキル∞むすび～！』

「こういうのってやったもん勝ち感がひでぇよな。サーバ管理とウェブデザインなんてさほど金も人手もかからないだろうし。人材の方から勝手に集まってきて、中間マージン分取ってウハウハって目の付け所がいいよな」

「褒めてるのか落としてるのか分かりませんが……ここなら僕、登録してますよ。五万円までの手数料として二十五パーセント取るんですよね。サービス販売価格の最低料金は五百円なので、最低でも一二五円が運営に入る仕組みです。この、ある意味着手金的料金とは別に成功報酬的設定もあって、そちらは消費者側が0円から五百円単位で決められるんですよ。まあ、僕のページにはまだ依頼なんて来たことないですけど」

ずず、と陽介は黒いカップに入ったカフェオレをすする。その様子を見つめていた月也は、CMを終えたテレビと陽介を交互に見やった。

「え、お前のどこに売り物になるスキルがあるわけ？」

「僕じゃなくて先輩ですよ。理科大生の先輩なら、なんとかなるかなって。そう……犯罪者志望の先輩にぴったりのショップ、開店しておきました」

は？　と月也は目を瞬かせる。普段は鋭い印象を与える目元も、今はとぼけて見えた。

その表情に、陽介は普段から柔和な印象を与える目を細める。若いころの父親によく似ていると言われる顔で、くすくすと笑った。

「大丈夫ですって。別に、犯罪プランナーとかじゃないですから」

「当り前だろ。とりあえず見せろ」

「そこで充電中です」

陽介は丸テーブルの上を指差す。テレビ寄りの縁に白いコードを延ばして置かれたスマホを、月也は取ろうとした。充電コードの長さが足りず、引き抜いてからソファへともたれ直す。

左手に玉子サンドを持ったまま、月也は親指でパターンロックを解除した。

「なんで解除できるんですか」

「セキュリティリテラシのない誰かさんが、目の前で何度か解除してたからな。覚えた。えっと、このアプリか」


【理系】あなたのお悩み解決します！【探偵】

家にいる時間が長くなって、これまで気にならなかったことが、急に気になったりしていませんか？

そんな「家庭内事件」をバッチリ解決しちゃいます！

どんな些細なことでもOK！　我らが理系探偵が、すっきり論理的にご回答！

例えば……どうしてベランダ菜園は失敗するんだろう？

例えば……どうして靴下を脱ぎっぱなしにするんだろう？

例えば……ジャガイモの芽はどうして食べちゃいけないんだろう？

などなど、どんなことでもオールオッケー！　この際、知人に聞くのはどうもな、と思うことを相談してみちゃいませんか？

せっかくだから、あなたを曇らせる悩み事を、すっきり晴らしてしまいましょう！

一件五百円から受付中です☆

「……誰？」

「普段の僕のテンションでは、集客力はないと判断しました。なので、観測されなかった別世界の自分と交流する気持ちで、全力で別方向の選択を志しました。料理しながら考えたんで、結構スラスラと浮かびましたね。調理は頭の働きも良くしてくれるので」

「まあ、量子論の解釈問題を交えようって試みは評価してやる。けどな、これは……やべぇ、ツボった！」

ゲラゲラ、と月也が笑い始める。スマホにかかる唾に苛立ちを覚え、陽介は眉を寄せるとスマホを奪い取った。と、手のひらが不自然な振動を感じ取る。画面を見ればメールが届いていた。この二週間、一切反応がなかったというのに。

「桂先輩。先輩が当事者として観測した結果、理系探偵の存在が決定したようです」

「依頼か」

一瞬で真顔に変わった月也に、陽介はゆっくりと頷く。右手の親指だけで操作し、初依頼の内容を表示した。

ソファの左右から、陽介の手の上のスマホを覗き込む。肩がぶつかったけれど、気にしても仕方がなかった。家具が人間を追いやるほどに、サイズ感のおかしい居間なのだから。これればかりは同居人、月也のセンスと考えのなさを嘆くしかない。根底にあるのが節約だとしても。

スワイプするだけで肘がぶつかる。それが気に食わなかったのか、陽介と月也では読む速度が違ったのか。月也は陽介の手からスマホを奪い取った。


【ニックネーム　小3ママさん】

はじめまして。世の中は大変なことになっていますが、理系探偵さんはいかがお過ごしでしょうか。なんか、理系探偵さんってお呼びするの、少し恥ずかしいですね。まさかわたしなんかが、探偵さんに相談する日が来るなんて。

外出することもできず、家の中を片付けていたところ、夏休みに理科の宿題として出た朝顔の観察日記が出てきました。それを見て、ふと、思い出したのです。

去年の夏、子どもの朝顔に起きた不思議なことを。

一緒に片づけをしていた子どもも、わたしと同じことを思い出したようで、どうしてぼくの朝顔は枯れたんだろう、と不思議そうにしておりました。

日記によると、子どもは毎朝ちゃんと水やりをしていました。夏休みでしたので寝坊がちでしたけど、起きると真っ先にベランダに出て、たっぷりと水をあげていました。もちろん、日差しもたっぷりと浴びせていました。

でも、一週間くらいで枯れてしまったんです。

ちゃんとお世話していたのに、と子どもはしょんぼりしていて。

今年の夏も失敗するのではないか、とすっかり自信を無くしてしまっております。

少しばかりネットで調べてみたりもしましたが、日当たりと水やりに間違いはなかったように思うのです。難しい花という印象もなくて、困っていたところ、理系探偵さんを見つけました。

理系探偵さんなら、朝顔の謎、解けますでしょうか？


「……理系探偵ってだせぇな」

「ダサいくらいがちょうどいいんですよ。ナントカ理科大学物理学部なんて素性明かしても、かえって壁作られるだけでしょう。夏休みの子ども科学相談程度の気軽さが大事なんですって。理系ってだけで小難しいと思われて、近寄りがたいって思い込まれてるんですから」

「そこは日本の教育の弊害だな。文理に分けてるのなんて日本くらいのもんだし」

「ええ。でも、おかげでそこに需要が生まれるんです。知識が金なんですよ、桂先輩。完全犯罪なんかに無駄に頭使うくらいなら、その論理的な理系の頭脳、困っている人のために活用してくださいよ」

「困ってる人、ね」

月也は苦笑すると、用なしとばかりにスマホを陽介へと投げて返す。不快感を示して口を曲げる陽介の前で、月也は玉子サンドの最後のひとかけらを口に放り込んだ。空になった皿をテーブルに戻し、白いマグカップを右手にソファへと沈み込む。

ぎし、とスプリングが、少しばかり不安をあおる音を立てた。

「さして有益な情報じゃねぇけど、とりあえず朝顔を枯らしたガキは女だな」

「え、男の子じゃないんですか？『ぼくの朝顔』ってありますけど」

「それはフェイク。どこぞの誰かさんと違って、セキュリティ意識の高い依頼人のようだからな。あえて逆の性別をイメージさせてあるんだよ」

カップを傾けてカフェオレをすすった月也は、ちら、とベランダに視線を向けた。ヘビースモーカーというわけではないけれど、そろそろ煙が恋しいらしい。その仕草で、そういえば、と陽介は気が付いた。

今朝はまだ、彼はタバコを吸っていない。朝食のタイミングで起こしたために。

だから、においがなかったのだ。一つのスマホを両側から覗き込むほど、近くに顔があったというのに。

(吸わせてあげようか?)

思ったけれど、陽介は気が付かなかったことにした。月也の健康と財布を想えば、本数が少ないに越したことはないのだ。

「……やっぱり分かりません。そもそもセキュリティ意識が高いって、どうして分かるんですか?」

「え、マジで? 日下、ちゃんと眼鏡拭いた方がいいんじゃね?」

ケラケラと月也は笑う。陽介は舌打ちしソファをおりた。テーブルにスマホを置き、玉子サンドをぱくつきながら読み返す。眼鏡に曇りはない。

「ヒントを」

「ヒントって……お前、それでも教育学部かよ」

大袈裟に目を見開いてみせる月也の声は、完全に陽介を馬鹿にしている。頬を膨らませながらカフェオレをすすった陽介は、馬鹿にされるのも当然だと眉を寄せた。

依頼人は「小3」ママと名乗っている。

そして、去年の理科の宿題として、朝顔の観察日記があったと語っている。

けれど、これは絶対にあり得ない話だ。

「小学校の科目は、一～二年においては『理科』『社会』ではなく『生活』なんですよね。

理科の授業が始まる学年の三年生のママさん――今年小学三年生であるはずの子どもが、去年理科の宿題をできるわけがありません。理科の宿題とわざわざ書く理由はないでしょうから、小3ママという名前が嘘を含んでいるというわけですね」

「エクセレント！　これでもう分かっただろう。個人情報を守るための嘘を交える依頼人が、子どもの人称に『ぼく』を選んだ。日下が騙されたみたいに、真っ先に男を連想する人称を、だ。っつーことは『逆』と読めるんだよ」

「それで、ガキは女」

言われてみればあまりにも単純な話だ。その嘘に気付くきっかけとなったのが、小学校の履修科目というのがまた、陽介には不愉快だった。どうして、教免とは無縁の理科専門大学の月也の方が気付けるのか。

悔しさに、陽介は暗くなったスマホに映る眼鏡を睨みつけた。

「でも。なんで『小3』なんでしょうね」

「少しくらい若く思われたかったんじゃねぇの？」

「……は？」

眼鏡を睨んでいた目を、陽介は月也へと向ける。悔しさではなく、今度は胡散臭さをにじませて。ソファに沈む月也は、やっぱり小馬鹿にした様子で瞬いた。いや、少しばかり心配が含まれているかもしれない。

「日下お前、懸賞付きアンケートに真正直に答えるタイプだな」

「え、そうでしょう?」

嘘をついて賞品ゲットの権利を得るわけにはいかない。ふつうのことを語ったつもりなのに、月也は深々とため息をついた。マグカップを持たない手で額を押さえ、もう一つおまけのため息がこぼされる。

「当たるかどうかも分かんねぇもんに、素直に個人情報渡すなんて馬鹿だろ。ああいうのはテキトーに嘘ついとけばいいんだって。どうせ当たったところで、本人確認するわけでもねぇし。されたらされたで間違えましたで済む話じゃん」

「え、でも……」

「だからお前、人前でロック解除するようなセキュリティレベルなんだな。このご時世、自分の情報は自分で守るくらいの意識持ってねぇと。みんなお知り合い、玄関の鍵は開けっ放しみたいなあの田舎町とは違うんだから」

「……分かってますよ」

陽介は口をとがらせてカフェオレをすすった。なんとも言えない苛立ちを覚えるのは、月也の話が正論に聞こえるからだろう。くたびれた灰色のスウェットのくせに、偉そうに見えるからだろう。

「個人情報として偽りやすいのは、年齢と性別だろ。ネットなんかの入力フォームだと基本的にプルダウン式だから、自分が入力しなきゃいけない名前を偽るよりも罪悪感がねぇし」

「そういうもんですか」

「そういうもんだと俺は思ってるけど。そうやって、個人情報に嘘をつくことに慣れるんだ。だから、真っ先に偽るのが年齢と性別。そんで、年齢を誤魔化すときの心理を想像してみれば、ほんの少しだけ若く偽るってのはいかにもらしいだろ。それが原因で、今回は色々バレたけどな」

「実は裏を読んで、バレること込みでのセキュリティって線はどうでしょう？」

「可能性としては残されるけどな、これから相談しようって相手に対してそこまで警戒する意味もないだろう。だったら最初から、ネット探偵なんて胡散臭い奴に話なんか持っていかなければいい」

「それもそうですね」

陽介は立ち上がり充電コードに手を伸ばす。スマホに電気を食わせ始めると、少しでも月也との距離を確保できる、ひじ掛けの上に腰を下ろした。

「それで、理系探偵。朝顔事件はどう解きますか？」

「解くも何も、ガキの性別を考えるほどの思考も必要ない……あ、そうか。お前んち農家だもんな。日下、鉢植えなんて育てたことねぇだろ」

「いくら僕でも小学生の時には、朝顔の鉢を持ち帰りましたし。去年の夏、ベランダでナス育てようとしたこと忘れたんですか？」

「枯れたけどな。農家のくせに」

「うるさいな」

カフェオレをすすりながら陽介は眉を寄せた。

去年の夏、陽介は少しでも家計の助けにしようとプランター栽培を試みた。ナスを選んだのはキュウリやトマトに比べ、ご飯のお供になる料理を作りやすいと判断したからだ。似非リノベーション物件のベランダは、多くの野菜を育てるほどの広さを持ってはいなかった。

仮にも農家の息子。普段は広大な畑を相手にしていたとはいえ、プランターでの栽培にはなんの不安もなかった。だから正直、夏日が記録され始めて数日で枯れたことは、陽介にとってはショッキングな出来事ではあった。

もっとも、ショックを受けたことがショックでもあったのだ。農家であることを嫌っていたはずなのに、そのことに自負があったのだと気付いてしまったものだから。

「確か、先輩が水やりしてくれたんでしたよね。柄にもなく毎朝真面目に……まさか、除草剤でも仕込みやがったんですか」

「ある意味正解」

「は？」

「意図的に根を殺したのは事実だ。つっても、水道水しか使ってねぇけどな」

ふらっと月也は視線を投げる。ベランダ――プライベートよりも採光を優先して開けたままにしてあるふすま、陽介の部屋の向こうへ。

南に面する窓は、まだ本領を発揮していないけれど。今日はよく晴れている。朝の明るさが、陽介が一人くつろぐときに使う、ほんの少しだけ奮発した低反発クッションの黒い座椅子を照らしていた。

「広大な畑ばかり相手にしてたお前だからこその盲点だろうな。プランターってのは、非常に温度が上がりやすいんだ。ましてこのベランダは南向き、日射量は申し分ない。真夏なら、日が昇ればあっという間に三十度を超えるだろう。その状況下での水やりが何を意味するか、もう分かるな？」

陽介はゆっくりと頷いた。

葉焼けを防ぐために、葉っぱに水を掛けないという知識はあった。けれど、土中温度までは気にしていなかった。畑は広く、むしろ水撒きをしないわけにいかない。それも自動化が進んでいて、ジョウロで散布するような時代は終わっている。

確かに、だからこその盲点だ。

狭いプランター。気温が上昇するのに合わせて水をやったとしたら、土中温度も確実に上昇する。ナスの根は蒸し殺されたのだ。

「どうしてそんなことを？」

月也はナス嫌いではなかった。むしろ好んで食べていたはずだ。政治家の金など使いたくないと仕送りを拒否し、それなりに節約を気にしている彼が、食料調達手段を絶つというのも不可解だ。

動機は——目で問いかける陽介から逃れるように、月也は視線を泳がせた。

「いくら犯罪者志望だからって、合理的な理由なく、ナスを殺したりはしませんよね？」

理不尽に未来を押し付け、レールに乗せようとする「家」相手ならまだしも。刃物を振りかざすこともなければ、喋ることすらできないナスを殺す動機がない以上は、月也はナスを殺したりはしない。しないはずだ。

「ナスではなくトマトでも殺しましたか？」

「ああ。それこそ朝顔だとしても。できることなら、あの紫陽花の頭もバッサリ刈ってやりたいくらいだ」

つまり、月也は「植物」ならなんであれ殺しにかかったということだ。種類の問題ではないとしたら、場所の問題になるのかもしれない。月也は、ベランダに植物があることが許せなかったのだ。

何故か。植物があることでもたらされるデメリットとはなんなのだろうか。

「もしかして先輩、虫、苦手なんですか？」

「……………」

「農業が主力産業たるあの町の御曹司が？　虫が怖いって、笑った方がいいですよね？」

月也は眉を寄せ、無言でカフェオレをすする。それが「答え」だ。自分が不利になる発言はしない。弱みは見せない。いずれ桂の地盤を継いだなら、彼は平気で蚕にも触ってみせるだろう。そういう「血」のもとに生まれてしまった以上は。

陽介はマグカップの中にため息を吐き出した。

「朝顔の枯れた理由が、一生懸命にお世話したから、というのは少し切ないですね」

「まあ、そういうベランダならどの道、枯れるしかなかったんじゃねぇの。水やりしなくても干涸びるわけだし」

「ネットで調べても、直射日光差し込む南向きのベランダでの育て方、なんてピンポイントで載ってるわけじゃないですしね。ここは理系探偵が、適確な育て方を教えてあげるっきゃないですね。どうぞ、アプリから回答メールの送信をお願いします」

「えー、お前の方が向いてるだろ」

農家の息子で教育学部だから、とでも言いたいのだろう。陽介は大袈裟に首を横に振ると、充電器からスマホを引き抜いた。

「理系探偵は桂先輩ですから」

意識した以上に言葉は強くなってしまった。

探偵であってほしいから……犯罪者に堕ちないでほしいから。にじみ出る願いを月也がどう思ったのかは分からない。ただ静かにカフェオレを飲み干す。

空になったマグカップを陽介に押し付け、月也は少し不満そうにスマホを受け取った。

「俺が言えることなんて、火事が怖いからペットボトルでの水やりには注意、くらいだけどな」

「とても先輩らしいアドバイスですけど。小3ママさんのベランダは、もとから自動給水に向いてないでしょう。ちゃんと、朝顔を殺さない方法を考えてください。まさか、理科大生のくせに答えられないんですか？」

「……アレ。なんか黒い、ごわごわしたシート。あれなんだっけ？」

「寒冷紗《かんれいしゃ》ですか」

「それそれ。それで日除け作って、水やりのタイミングに気を付ける……やっぱ日下が答えた方がいいんじゃね？」

気が乗らない、と月也はスマホを持つ手をだらりと下げる。陽介は「いやです」ときっぱり告げると、乾いたパンくずだけになった皿を重ね合わせた。

「僕は忙しいんです。食器洗って洗濯して今日は燃えるゴミの日だし。そうだ先輩、着替えてください。それも洗いますから」

「え、ステイホームなのに？」

「だからこそ、日常の維持が大事なんです！」

放っておけばどこまでも自堕落になりそうだ。陽介は鋭く月也を睨みつけると、食器類を抱えて歩き始めた。

その頭に、灰色がかぶさってきた。微かに「あ」という気まずさも聞こえる。

「……………」

皿とマグカップで両手がふさがっている陽介は、頭から垂れさがるスウェットをそのままにキッチンに入る。シンクに洗い物を置くと、すぐさま居間に引き返した。

「洗濯くらいあんたがしろ！」

スウェットを投げ返してやろうとしたそこには、抜け殻となったズボンが落ちているばかりだ。舌打ちして、けれど陽介は、月也を見逃してやることにした。

スマホがなくなっていたから。

理系探偵として働く気になったのなら、とりあえず文句はないのだ。

＊グリーンサム［green thumb］園芸の才　ジーニアス英和辞典（大修館書店）参考

第2話　脱ぎ散らかるレッドヘリング

ゴールデンウィークとともに終わるはずだった緊急事態宣言の、五月いっぱいまでの延長が決まった。どちらにしろ、どこへも出掛けられないままに、カレンダーはこどもの日になっている。

（去年は陶器市に行ったんだよなぁ）

北関東最大の陶器イベント。駅からの直通バスツアーがあったから、という理由で行ってみたけれど、陶器など分からなくて。結局、食べ歩きしただけだった。それでも満足できたのは、旅の目的が「知らない風景を見ること」だったからだ。

あと二年もすれば——月也が大学を卒業し、あの町へと戻ってしまったら。二人で出掛ける機会などなくなってしまう。その後、陽介が戻っても同じことだ。社会人ともなれば生活リズムは合わなくなる。

　それまでに少しでも多く出掛けてみようなんて話をして。アルバイトも少し無理してみたりしていたけれど。

　バイトのシフトはゼロになった。それどころか、出掛けることが禁止された。

「……………」

　自分専用の黒い座椅子にもたれ、陽介は開け放たれた窓の向こうに目を細めた。まさに五月晴れ。行楽日和。けれど今日の予定は「ステイホーム」だ。

　明日も、明後日も。

　新型感染症は、いつまで人を閉じ込めるのだろうか。あの町の風土のように。目には見えないけれど確かに存在する、先祖代々の呪縛のように。いつまで、一つの土地に縛り付けるのだろうか……晴れ晴れとしない思考を、陽介はため息で吹き飛ばした。

「『新しい生活様式』とか騒がれるせいで片付けが流行ってるらしいですけど。うちの場合は片付くどころか、散らかるってどういうことですか？」

　陽介の部屋には今、ビニール紐、袋、商品イメージ写真の紙パッケージ、某メジャーネット通販の段ボール箱などなど、様々なものが散乱している。その中に、刃が出たままのカッターナイフが紛れ込んでいることに気付き、陽介は渋々立ち上がった。事故が発生する前に拾い上げる。こんな時に病院にかかるのは御免だった。

「ベランダのイメチェンでもしようかと思って。暇だから」

「それは見れば分かります」

ウッドデッキ風タイルが入っていたと思われるビニール袋を、陽介は裸足の爪先で踏みつける。問い質したいのは、何故その作業を陽介の部屋で行っているのかということだ。ベランダへは月也の部屋からも行ける。

「先輩の部屋でやればいいでしょう。ひとの部屋散らかしてないで」

「はっはっは、ご冗談を！」

「……朝からアルコールでも摂取しましたか？　そもそも、こんな材料費どこから捻出したんですか？」

「一つ目の質問の答えはノー。二つ目の質問の答えは黙秘」

にやにやと上機嫌で笑いながら、相変わらず着替えをしない月也は、灰色のスウェットのままの腕を伸ばしてくる。カッターナイフをご所望のようだ。農家の町の支配者でありながら、土になど触れたこともないだろう綺麗な手に渡してやると、彼はさらに段ボール箱を開封した。小洒落たアイアンテーブルが姿を現す。

「飲酒したわけでもないのにテンションが高いってことは、黙秘に理由があるんですね。考えられるのは臨時収入ですけど……バイトは軒並みシフトゼロですし。株式で逃げ切った？　先輩医療品系株式なんて持ってましたっけ」

「前提として、俺が株に手を出すタイプという発想を捨てた方がいいぞ。中学ん時デイトレードでわざと親父にダメージ与えて満足したからなぁ、もうやってない。それとだ、日下。順番がおかしい」

包装という包装をはぎ取り終えた月也は、鼻歌を歌いながらウッドデッキ風タイルを並べ始めた。砂埃などお構いなしに。だから着替えすらしないのだろう、と思うことにして陽介は座椅子へと戻る。手伝う気などさらさら起きない。

（順番がおかしい……）

なんの順番だろうか。少し考えればすぐに分かった。臨時収入→ベランダ改造費だとしたら、月也は以前から陽気な態度を見せていなければならない。けれど今日、この資材が届くまで、彼に浮かれた様子はなかった。

つまり、ベランダ改造セット一式そのものが、月也をご機嫌にしているというわけだ。

ふと気になって、陽介は段ボールに貼られた送り状に目をやった。某ネット通販の箱ではあるけれど、使いまわされたもののだったようだ。

「桂の実家からって珍しいですね。どういう風に脅迫したんですか？」

「あいつらネットに疎いだろう。桂議員にまつわるよからぬ噂が書き込まれたSNSがあったからな、持てる知識で潰してやったんだよ。その成果報酬」

「現金じゃないんですか」

「あいつの金だけはもらいたくねぇからな」

金の方が便利なのに、と呟いて、陽介は足元に飛んできたビニール片をつまんだ。月也がベランダをウッドデッキ風にイメージチェンジしているうちに、室内を片付ける方が建設的かもしれない。諦めの心境で再び腰を上げる。何が入っていたか分からないビニール袋にゴミを集め始めた。

「でも。どうして放置しなかったんですか？　噂が真実になって失脚したら、先輩は晴れて自由の身だったかもしれないのに」

「失脚するほどじゃねぇし。だから黙秘なんだよ」

月也の声のトーンが低くなる。説明するのが面倒臭くなったのか、これ以上詮索するなという言外の圧力を察知し、陽介は口をつぐんだ。

（桂議員にまつわる、か）

本人ではないけれど、本人に関係する何事か。そして、月也が自ら動いて隠滅しようとしたということは、「桂月也に関する噂」が流れていたのだろう。

（失脚しないけど、先輩にとって目障りな噂って、アレくらいか）

思い当たるのは一つだけだ。そしてそれを潰しておしまいではなく、それをネタに実家に恩を売りつけ、物資をゲットできたからこそご機嫌だったというわけだ。

（面倒な人生だなぁ）

ビニール袋の口を結びながら、陽介はたまらず左右に首を振った。親が名の知れた人物というだけで、その子どもまで関心を向けられてしまうのだ。まして政治家。敵も多いのだろう。

あの町の中だけでなら、陽介もそれなりに知られているけれど。それは父や祖父、先祖が地域の住民の話を聞き、一緒に悩み考えてきたというだけに過ぎない。単なる人の好い相談役。権力を有する「桂」とは、似ているようでまったく違っている。

だから、町を出てしまえば、陽介は部屋に散らかっているビニール片と同じだ。誰の目にも留まらない。

「……桂先輩、手伝います」

「おう。じゃあ日下はテーブルとチェアをセッティングしてくれ。そっち半分は敷き終わったから。それが終わったら」

「ティータイムですね。コーヒーと紅茶どちらにしますか」

「お前と同じのでいいや」

政治家の息子とは思えない決断力のなさで返される。見かけより軽いアイアンテーブルを運びながら、陽介は軽く眉を寄せた。家事担当にとって「なんでもいい」は最も困る返答なのだ。

どちらにしようか。二択を決められないまま、陽介は同じくアイアン製の椅子を二脚運ぶ。これが土埃で汚れぬよう掃除するのも自分の役目になるのだろう。そう思ってわずかな脱力感を覚えた時だ、ジーンズの尻ポケットに突っ込んでいたスマホが震えた。

「先輩、依頼入りました」

月也はウッドデッキ風タイルの最後の一枚を敷き終えたところだった。満足そうに右手の甲で額の汗を拭った彼は、さっそくアイアンチェアに腰掛ける。

丸いテーブルに肘をつき、妙にサマになる仕草で脚を組んだ。けれど、埃にまみれたスウェット姿がすべてを台無しにしていた。

「聞かせてもらおうか、日下くん」

「どうぞ。僕は紅茶を淹れてきます」

テーブルにスマホを残し、陽介は室内に戻る。幅をきかせるソファとテーブルの間を抜けてキッチンへ。紅茶といっても専門店の茶葉など買う余裕はないから、百バッグ入りで三百円ほどのティーバッグだ。

マグカップも百円ショップで調達したもの。ちぐはぐな白と黒だ。せっかく去年、陶器市へと小旅行したのだから、揃いのカップでも見繕えばよかったと今になって後悔した。

（きっと、いつでも行けると思ってたんだろうなぁ）

陶器市の関係者も、まさか今年はイベントを断念することになるとは思わなかっただろう。いや、世界中のどこに、この未来を予想できた人がいるのだろうか。

さらに先の未来は……憂鬱の帳《とばり》が下りてくる。陽介は強制的に思考を中断し、食器棚から黄色いパッケージの茶葉を取り出した。

安物の茶葉でも、ポイントを押さえれば美味しく淹れられる。ネットで検索した簡易な知識ではあったけれど、確かにひと手間で味は変わった。

ポイントはよく沸騰させること。カップを温めておくこと。お湯を注いでから静かにティーバッグを入れ、蓋をする。ティーセットならソーサーがあるのだろうが、この家にそんな洒落たものはない。取り皿用の小皿で代用した。

あとはゆっくり、二分ほど待つ。

ティーバッグを取り出す時も慌てない。軽く揺する程度にして、そっと取り出す。これだけで美味しくなるのなら、手間を惜しむことはない。

「どんな依頼でしたか？」

白と黒のマグカップのうち、白い方を月也の前に置くと、陽介も椅子に座った。イングリッシュガーデンが似合いそうなアイアンのテーブルセットは、スウェットではない陽介にも、あまり似合っているとは言えない。まして、埃をかぶった室外機が自己主張するベランダには、相応しい装飾品ではなさそうだった。

「ん……悩ましい依頼、かな」

歯切れ悪く月也はカップを口に運ぶ。熱かったのだろう、顔をしかめた。それきり黙ってしまったのは、まずは依頼文を読めということだ。

陽介はカップを左手に持ち替え、右手にスマホを収めた。


【ニックネーム　にいづまさん】

こんにちは、理系探偵さん。

職場の同僚や、友だちに相談しても、新婚のノロケ話だと取り合ってもらえなくて困っておりました。そんな折、こちらを拝見した次第です。五百円で話を聞いてもらえるのなら、まあいいかな、と考えました。

相談事というのは夫の奇妙な癖のことです。結婚し、二人で暮らすようになって、初めてこの奇妙な癖を知りました。

夫は、役所勤めのためテレワークにもならずに毎日通勤しているのですが、帰りも遅く大変そうです。そのせいかな、とも思ったんですけど、やっぱり奇妙なのです。

まず、靴を揃えません。玄関で靴下を脱ぐと、そのまま放ったらかしにします。リビングに向かいながらベルトを抜いて、それも廊下に落としていきます。ズボンはだいたいリビングのソファに投げ捨てて、ネクタイはトイレの前、背広は脱衣所、ワイシャツと下着だけが洗濯機の中に放り込まれます。

毎日毎日こうなのです。いくら注意しても聞いてはくれません。シャツだけ洗濯機に入れてくれるくらいなら、他も入れてくれてもいいのに。スーツは変なしわが付くと困りますけど。せめて靴下くらい、と思ってしまいます。

男の人ってこんなものなんでしょうか？

それとも、私が気にし過ぎなのでしょうか？

良き妻なら、旦那様が脱ぎ散らかした洋服くらい、笑って片付けてあげる方がいいのでしょうか。

何か、いいアドバイスがありましたら、お聞きしたいです。

読み終えた陽介は、スマホをアイアンテーブルの上に置いた。紅茶をすすりながら背もたれに寄り掛かる。シャツの生地越しにも金属の冷たさを感じた。今日の日差しは眩しさほどの熱量を持っていなかったようだ。

「どこが『悩ましい』んですか？」

「いや、悩ましいだろ。もっと想像力働かせて、状況をイメージしてみろよ」

陽介は目を閉じ、メール文を思い出してみる。映像として。脱ぎ散らかされる服を集める若い奥さん。ぶつぶつ文句を言いながらも、そんな自分に酔っていて、新婚生活に胸躍らせているのだろう。確かに、友人らにノロケ話と言われるわけだ。

「平和っすね」

ずず、と紅茶をすする。これはきっと、ただ話を聞いてもらいたかっただけという依頼だ。それで「お幸せに」「お熱いわね」そんな、ありきたりの反応をしてもらいたいのだろう。なんとも平和な事件だと、陽介は日差しのように微笑んだ。

「日下。やっぱりその眼鏡、度が合ってねぇんじゃね？」

「確かに高校の時から変えてませんけど。入学早々の視力検査では変化なかったですし、先輩の目やにが見えるくらいにはクリアですよ」

「え？　そういや顔洗ってねぇな」

「いくらステイホームだからって、身だしなみは整えておきましょうよ。性格は洗濯できなくても、顔や衣服は綺麗にできるんですから」

ケラケラと陽介は笑ってやる。「余計なお世話だ」と舌打ちし、月也は目をこすった。数度瞬いてから、

「その旦那、浮気してるぞ」

突拍子もなく不穏な発言をする。陽介は危うく紅茶を噴き出すところだった。軽くむせながら、カップをテーブルへと戻す。

「浮気って……新婚ですよ？」

「だから？　うちも新婚の頃合いだったと思うけどね」

「………」

「ネットの噂によると、俺は不倫相手に産ませた子で、本妻は不妊だったせいで実家にいるのに肩身も狭く、血のつながらない戸籍上の息子を虐待してたって話だけどな。まあ、あの町ん中じゃ秘匿されてるからな。かえって知らねぇか」

「知ってますよ。去年、先輩が教えてくれたんじゃないですか。でも、ネットってそんな話まで流れてるんですね。『外』って凄いな」

「町の中が異常なんだよ。善人しかいねぇことにでもしたいのかね」

「波風立つのが苦手なだけですよ。古くて保守的だから。牧歌的に、昨日と同じ明日が続けば満足なんじゃないですか」

「だったら、潰さなきゃよかったな。噂を信じたマスコミに突撃させればよかった」

「そんなの無意味ですよ。先輩が言ったように町の中じゃ秘匿されてるんですから。誰も、先輩の左の……」

陽介は言葉を続けられず唇を噛む。目線で、月也の左脇腹を捉えた。

そこにある傷痕を知っていた。幼い日の月也が母親に付けられた、今も残る傷痕。それはまた、彼が犯罪者であろうとする理由でもある。

――殺されそうになったから、殺すことにした。

あまりにも単純で、子どもじみた動機。それが矯正されることなく今に至ってしまった。それは、裏返せば、やはり単純な問題で。

「……愛されていれば、完全犯罪なんて考えずに済んだんでしょうね」

「どうだかな。生まれ持っての性質かもしんねぇし」

「確かに。性格は悪いですよねぇ」

くすくすと陽介は笑う。からかうことで、重くなった空気が吹き飛べばいいと思った。せっかく二人だけの暮らしなのだから、「親」のことなど忘れてしまいたかった。

その気持ちは、月也も同じだったのかもしれない。彼もまた、話題を終わらせた。

「まあ、面白くもねぇ俺の素性はともかくとして。その旦那の動きをシミュレートしてみろよ、順番がおかしいから」

「また、順番ですか」

陽介は口をへの字に曲げると腕を組んだ。先ほどのにいづまさん目線になっていた脳内イメージを、旦那目線へと切り替える。

玄関で革靴を脱ぎ捨てる。揃えないのは、月也も同じだ。三和土《たたき》から上がって、片足ずつソックスを脱ぎ、そこらに放置。リビングに向かいながら次に脱ぐのは――

「あれ、背広が先じゃないんですね」

この旦那様は先にベルトを抜いている。それが誤りということはないが、自分なら先に上着を脱ぐだろう。標準的なスーツの丈はウェストよりも長く、ベルトを外そうと思ったら、少しめくらなければならない。手間というほどではないが、何か違和感を覚えるのは確かだ。

「俺なんかは真っ先にネクタイ外したいけどな。息苦しいし」

「でも、この旦那さんは下から脱いでいくタイプなんですね。ネクタイはトイレ前、背広は脱衣所、シャツは洗濯機……家の動線が見えるようですね」

「動線もそうだけど、ほかにも気付くことがあるだろうが」

「……初歩的なことも分からないから助手なんですよ、理系探偵」

陽介が肩をすくめると、月也は軽く眉を寄せた。紅茶をすすってから、日差しが眩しそうに目を細めた。

「においだよ」

「におい……」

「トイレ前や風呂場なら、例えば何か、フローラルなりシトラスなりのにおいがしても芳香剤かアメニティか、それらのにおいと思うかもしれない。そしてシャツ。洗濯機に放り込んだものを取り出して、いちいちにおいを嗅ごうなんてことはしないだろう。そういうフェチでもなければな。仮に嗅がれたとしても、洗剤の残り香と言い張れる」

ふぅ、と月也は細長く息を吐き出した。

「問題は、その旦那はなんのにおいを誤魔化そうとしたのかって点だ」

「……………」

「特に、シャツににおいを残すような何か。しかも毎日。例えばオフィスの一室で逢瀬を重ねているとしたら？　ネクタイや背広は外せても、シャツまで脱ぐわけにはいかない。万が一誰かが入ってきたら困るからな。着衣のまま――」

「もういいです、先輩。旦那さんは浮気相手の香水のにおいを誤魔化してるんですね。あちこちに脱ぎ散らかして、奥さんの注意を他に逸らして……」

新婚なのに、と陽介は下唇を噛んだ。月也は一口紅茶を飲むと、深く重いため息をこぼした。

「なぁ日下。俺が浮気したらどうする？」

「え……」

「将来さ、どうせどっかのご令嬢と結婚させられるわけじゃん。好きとかそういうのなしにさ。そんで魔が差して、俺がどっかの誰かと浮気したとする。そん時に、お前ならどういう風に奥さんに伝える？」

「黙ってます」

陽介は即答する。

「僕は基本的には桂先輩の味方ですから。それに、そんなドロドロとした痴話喧嘩には巻き込まれたくありません」

「あー、それもそうだな。痴話喧嘩な。巻き込まれたら面倒だな、確かに」

納得したように頷いた月也は、陽介のスマホに手を伸ばした。加熱式タバコをセットして、にいづまさんへの回答を考え始める。

「あくまでこいつは相談なんだよな。だったら、少しくらい嘘をでっち上げても構わねぇよな。依頼人を不利にするような真似しないなら」

「先輩が考える嘘、と思うとどうにも信用に欠けますが……サービスという意味では、消費者が最も納得する形で提供するのが理にかなっていると言えるかもしれません。でも、本当に裏はないんですね。先輩って騙したり陥れたりする方が好きそうですけど」

「マジ信用ねぇなあ。だったら日下が考えろよ。旦那が服を脱ぎ散らかす理由」

「そうですねぇ……」

陽介は立ち上がると、なんともなしに柵にもたれた。本当に人の往来がなくなってしまった通りを見おろす。

ふと、高い声が聞こえた。目を向ければ、休校になった小学生男児たちが、下品に笑いながら角を曲がっていく。マスクで顔を覆っているのが、かえって秘密組織ごっこのように見えた。

（子どもはいいなぁ）

呑気な後ろ姿に苦笑して、陽介は紅茶で唇を湿らせた。

「奥さんに甘えているからとかではどうでしょう。子どもみたいに脱ぎ散らかして、怒っている顔も可愛いと思っているとか」

「お前って……」

「あくまで空想ですよ！」

「まあ、いいけどな。でもさ、日下。本当にそんな嘘だけでいいのか？　それだと真相が発覚した時、『理系探偵』の評判が下がることになるだろ。旦那の浮気も見抜けないヘボ探偵って具合に。俺は別に構わねぇけど、お前はそれでいいのか？」

まっすぐな視線のあとに首をかしげられる。確かに悪評は避けたい、と陽介も首を捻った。かといって、新婚に浮かれるにいづまさんに、いきなり浮気の可能性を突き付けるのも気が進まない。

「なんとか都合よく、ダメージの少ない伝達方法はないものですかね」

「それなら俺に、いい考えがあるけど？」

「……」

にやりと笑う月也の目は、仮に温度があるとするならマイナスとしか思えない。その瞳を、陽介は疑いをたっぷり込めて覗き込む。始めから、月也は自分の意見に誘導するつもりだったのだ。

「不本意ですけど。仕方なしに、一応、念のためにお聞きします」

「大したことじゃねぇよ。これからは『お帰りなさいのキス』で迎えるようにってアドバイスするだけだって」

「……それだけ？」

「ああ。それで充分だ。旦那はにおいを誤魔化したいってのに、隠蔽前に妻が寄って来るんだ、肝が冷えるだろう？　それで察して浮気をやめるかもしれない。あるいは、先に依頼人が勘づくかもしれない。どちらにしろ理系探偵の評判は守られるって寸法だ」

むぅ、と陽介は唸る。

月也のことだから、何か余計な落とし穴があるかもしれない。「桂」から始まって、どうにも人間というものに否定的な彼のことを考慮して、陽介は「お帰りなさいのキス」を検証してみる。

けれど、月也が口にした以上の、負の可能性は思い付かなかった。

「これがベストかは分かりませんけど。旦那さんのしたことがしたことですから、僕らにできることには限界があるんでしょう」

「じゃあ、採用ってことだな」

にやにやと、本当に悪魔でも宿っていそうな笑顔で月也はスマホを操作し始める。泥にまみれたことなどないだろう白い指先を眺めながら、「ある意味で」と陽介は呟いた。

「ハニートラップ」

声が重なったものだから、陽介と月也はアハハと笑った。

＊レッドへリング［red herring］人の注意をそらすもの

第3話　あなたに贈るパープル

ベランダのアイアンチェアで、陽介がぼうっと空を眺めていると。在籍中の教育学部が久々にメールを寄越してきた。それには一昨日、五月十六日に文部科学省が通知した指針が記載されている。

新型感染症による休校、それにより発生している授業の遅れについては、来年度以降に繰り越せるものとする。授業日数が確保できていないのだから、当たり前といえば当たり前の処置だろう。

（今年の入学は大変だろうなぁ）

親戚の子に春から小学一年生になる女の子がいたような気がした。あの子は入学式をできたのだろうか。東北の田舎たるあの町は、今のところ感染者が出ていない。それに、密を気に掛けるまでもなく少人数——過疎だ。

いや、新一年生の女の子よりも、ずっと問題がありそうな身内がいる。

（あいつ、高校受験できんのかな……）

今年中学三年になる妹を思い出し、陽介はたまらず眉を寄せた。忘れよう、と固く決めたのは、「妹」だからだ。

長男信仰が根強く残る、古い田舎町。

家父長制も廃れることなく、一番目に生まれた、しかも男児だからというだけで、自動的に「家」を継ぐことが決定する。他にやりたいことを見つけたとしても、家族は誰も認めない。いや、理解することができないのだ。

長男なんだから継ぐんでしょ？　当たり前に、そこで思考が停止している。

縛り付けていることになど、誰も気が付いていない。

第二子、まして女児である妹には、そういったしがらみがまったくなかった。むしろ家を出て行くこと――立派なお嫁さんになることを望まれている。

その自由さを、現代を生きる妹はちゃんと理解していた。

家督とは無縁なのをいいことに、将来はパリでデザインの勉強をしたいとか、漫画の影響でしかないことをほざいている。

――お兄ちゃんは「日下」を継げばいいからラクでいいよねぇ……。

自分の力で将来を決めなければならないのは大変だと、妹はわざとらしくため息をついていた。陽介と同じく眼鏡の奥の目をすがめて。母親譲りの癖毛を揺らして。父親と――

陽介とそっくりの低い鼻をこすって。

　わたしは自由なのよ、と見せつけるように。

「……むかつく！」

　忘れようとするほど鮮明になる姿を殴るように、陽介はスマホを握る手でテーブルを叩きつけた。小さな丸テーブルの向こう、ちょうど加熱式タバコの煙を吹いた月也は、びくりと肩を震わせた。

「え。お前そんな嫌煙家だったっけ？」

「確かに好きじゃないですけど。違います。妹を思い出してしまったので」

「ああ、妹」

　月也は納得したように頷くと、ふうっと一筋、煙を昇らせた。

「俺は一人だからきょうだいってのは分かんねぇけど。すぐそばに自由奔放な奴がいたら、さぞかしむかつくんだろうな」

「もういいです。僕に妹なんていません。それよりそう、やっぱりタバコの煙もむかつくんですよ。せっかくのお茶が不味くなるじゃないですか」

「安もんのほうじ茶だろ」

「そうですねぇ。当たり前のように緑の一番茶が出てくる桂さんの家柄的には、こんな大量生産されたクズ茶なんてお口に合わないでしょうけどね！」

　妹に対する苛立ちを、つい、陽介は月也に向けてしまう。さすがに着替えることを覚えたらしく、灰色のチノパンに包まれた長い脚を組み直して、月也は舌打ちした。吸いかけの加熱式タバコをオフにすると、テーブルに頬杖をついて安物のほうじ茶をすする。

「ほんっと、安っぽいな！」

「……すみません」

「どうせ安物にすんなら、玄米茶買っとけよ。キヨみたいにさ」

「ああ、お手伝いのキヨばあちゃんが淹れてくれた玄米茶は美味しかったですね。そこらのスーパーで買えるものだって、申し訳なさそうに笑ってましたけど」

「あれ、なんであんなに美味かったんだろう」

「科学的根拠のない話でいいのなら、心がこもっていたからじゃないですか」

それに引き換え、月也の母親が淹れた綺麗な緑色のお茶は不味かった。思い出して陽介は眉を寄せる。あれは茶葉を殺していた。いや、月也の心を、だろうか。

「心を科学的に語るのは、今の技術レベルじゃ難しいから俺も判断しかねるけどな。作り手の心はともかく、受け手の心は関係してるんじゃねぇかなぁ」

「受け手の心？」

「ああ。緊張すると唾液の分泌量が減ったりするだろう。味覚ってのはさ、唾液に溶けた味に関する物質を味蕾《みらい》が受容することで生じるわけだからさ、唾液の分泌量が減少すると必然的に味を感じにくくなるわけだ。だから、イヤな奴との食事が不味いってのは科学的なわけだよ」

教授でも気取るかのように、月也は加熱式タバコの先を振る。彼の理屈で言えば、キヨの玄米茶が美味しかったのは、イヤな相手ではなかったからということになる。

陽介は横目で月也を気にしながら、コーヒーだろうと紅茶だろうと変わることのない、黒いマグカップに口を付けた。香ばしいほうじ茶をすする。自分で淹れたものを自分で飲んでも、どう評価していいか分からなかった。

月也が白いマグカップを傾けた。品もなく音を立てて飲んでから、短い息を吐き出した。

「ほうじ茶、美味しいですか？」

月也は陽介に視線を投げる。すぐに青い空へと移動させると、もう一口ほうじ茶を含んだ。ゆっくりと瞬いた彼はカップの中を見つめた。

「……秘密」

そうして、ほうじ茶を飲み続ける。陽介は舌打ちして、軽く肩をすくめ、結局笑った。呆れたように。

（探偵相手じゃ言質も取れないか）

文脈から意図を悟られてしまったのだ。「美味しい」と言わせたい、と。

それは、味方を作りたがらない月也が、相手を受け入れたという意味を含むことになった。だから、これから先彼は、二度と美味しいとは口にしないだろう。

あと二年で終わる関係なら尚更だ。

大学時代に限られた、昼下がりのような気怠い執行猶予。田舎の因習に囚われることなく、望んだわけでもない権力や「血」に縛られることもない、エアポケットのような自由時間。そこに存在する陽介を、月也は絶対に認めない。

あと二年で終わる——切り捨てる存在に、心を許しても、情をかけても、ろくなことにはならないのだから。

「秘密って、結局白状しているようなものですよね」

悔しまぎれに陽介は呟いた。

「どうだろうな。観測されていない以上、情報はどちらにも確定していない。否定しなかったことを即ち肯定とするのは安直だろう。希望的観測で勝手に重みづけしてみたって、お前の中の情報量は一切変わってねぇんだから」

「希望的観測分でも変化が望めれば、僕は充分ですよ」

陽介はほうじ茶をすすった。

「僕は美味しいと思いますよ」

「……キヨと言えば。米俵のわらべ唄思い出すなぁ」

あからさまに話題を逸らすこともまた、情報を変動させる重みづけだろう。思ったけれど口にはせず、陽介はカップを持っていない左手だけでお手玉をする真似をした。

「三つの俵ヒョイヒョイヒョイ一つは蛇に食べられた」

「二つの俵ヒョイヒョイヒョイ一つは狐に食べられた」

歌うというよりは棒読みに近く陽介が歌い始めると、月也も一緒に口ずさみ、同じようにエアお手玉を始めた。

「一つの俵ヒョイヒョイヒョイ最後は蟲《むし》に食べられた……」

「あの唄さあ、いかにも見立て殺人って感じするよな。蛇、狐、蟲ってのがまた、いい具合に気味悪ぃし」

「やっぱりそういう発想でしたか。桂先輩、いつか本当にやらかさないでくださいよ」

「いや、いつかはやるだろ。完全犯罪が思い付いた暁にはなぁ」

「……ったく」

陽介は深く息を吐き出すと、ほうじ茶を口に含む。ほんの少しだけ不味く感じられたのは、不安のためだろう。悪魔めいた横顔を視界の隅に捉え、陽介はそっと眼鏡を押し上げた。

「探偵側でいてくださいよ」

「ああ、それが狙い？」

「……いえ。理系探偵はほんの気まぐれの暇潰しですよ。家に閉じこもってばかりじゃ精神腐るでしょう。でも、頭使ってる時の桂先輩は、生き生きしてますから」

「生き生きねぇ。だったらもっと『理系』な依頼に来てもらいたいところだけどな」

愚痴っぽく呟いて、月也は放置していた依頼メールを見るために、テーブルの上のスマホに手を伸ばした。

それが届いたのは、卵とネギしか入っていないチャーハンで、質素なランチタイムを過ごしている時だった。同じ材料しか入っていない中華スープも添えてあったけれど、せめてチャーシューは欲しかったと思わざるを得ない。

食事中、頭を使うと消化が悪くなる。それは血流が云々という、結局消化が悪くなりそうな月也の講釈を聞いているうちに、依頼は内容を確認しないままに放ったらかしになってしまった。その後もだらだらと、後片付けを優先し、昼下がりのティータイムのためにほうじ茶を淹れ、なんとなくやる気が出ないまま今に至る。

「あー、駄目だ。今回の依頼にも深淵なる宇宙に対する興味はねぇみたいだ」

「それこそ、子ども相談か科学館に向かうでしょ。だいたい桂先輩って、宇宙物理学じゃないですよね。情報物理学とかって胡散臭いの専攻してませんでしたっけ」

「ああ、宇宙は情報により記述されるってエレガントな学問だ。宇宙を巨大なコンピュータって考える、結構乱暴な理論だけどな。自然界に見られる自己相似形みたいに、個一つ一つの情報処理パターンが自己相似様に繰り返されて、宇宙という巨大な情報パターンを生んでいるとしたら、個の研究が宇宙につながるかもしれねぇんだから面白いだろ。そういうわけで、俺はちゃんと宇宙を研究してるんだよ」

「さっぱり、何言ってるんだって感じですけど。宇宙ができてから個ができたんじゃないんですか？　先輩のそれだと逆になってません？」

「いいんだよ逆でも。その巨大な宇宙の自己相似の結果が個——いっそ乱暴に人間でいいんだけどな、って考えるわけだから。そういう意味じゃ、人の思考パターンを知る糸口になりそうな『理系探偵』は面白い」

本当に楽しそうに、子どものように瞳をきらめかせて。けれどどこか寂しそうに睫毛《まつげ》の先を震わせて、月也はスマホを陽介に戻してきた。

【ニックネーム　ユカリさん】

初めまして、お世話になります。理系探偵さん。

今回ご相談するにあたって、わたしは少しばかり、身の上話をしなければなりません。

実はわたし、昨年春に再婚いたしました。お相手の方もバツイチで、小学四年生になる男の子がおります。

相談したいのは、この男の子、血のつながらない息子のことなのです。

いきなり新しいお母さんができたとしても、受け入れられない気持ちは分かります。だから、「おかあさん」と呼んでもらいたいなんて贅沢は言えません。「ユカリさん」と呼んでくれるだけでも満足なのです。

ただ……この子の気の遣い方が奇妙なのです。いじらしいと思えればいいのですが……慇懃無礼と申しますか、度が過ぎていると申しますか。何か、別の意図があるのではないかと、勘繰らずにはいられないのです。

息子は毎朝「おはよう、ユカリさん。今日もお綺麗ですね」という挨拶から始めます。これだけでももう、小学四年生とは思えませんよね！

そして息子は、朝ごはんの時にはこう言います。「いただきます。今日も可憐な盛り付け方ですね」って。トーストにインスタントスープの朝ごはんでもですよ！

出掛ける時の挨拶も決まっています。「いってきます。今日も愛らしいユカリさんに見送ってもらえて嬉しいです」

最後は寝る時です。「おやすみなさい、ユカリさん。今日も燦々《さんさん》と輝く太陽みたいな一日をありがとう」

ちょっと……不気味ですよね！

さすがに主人に相談してみたんですけど、あの子は推理小説が好きだから、と笑うばかりです。だから自分は何も言えない、と。

決して悪い言葉を言われているわけではないんですけど。こうも飾り立てられているとかえって距離を感じてしまって……。

わたし、嫌われているのでしょうか？

ちゃんとあの子のこと、分かってあげたいのに……情けない母親で悔しいです。


依頼文を読み終えた陽介は、軽く唇を噛んだ。そっとスマホをテーブルの上に置き、空へと視線を投げる。綺麗な青だ。こんな青空も、新型感染症によってもたらされた、そんな地域が世界にはあるという。それほどまでに経済活動が停止しているのだ。

「先輩。事件を選ぶ権利も――」

「俺なら大丈夫。別に俺は、再婚相手の息子ってわけじゃねぇし。母さんは『母さん』ただ一人しかいねぇからな。まあ、蛇に喰われてしまえと思ったりもするけど」

「そうやって物騒な一言を添えないでくださいよ。お茶が不味くなります」

「そう？　俺はかえってご機嫌に飲めるけどな」

本当に楽しそうに、月也は鼻歌まじりにカップを傾ける。陽介が睨んでいることも、気にしないどころかスパイス程度に思っていそうだ。弾むような口調で続ける。

「狐に食べられるのは親父だな。第一犠牲者にしないでさ、次は自分かもしれないって精神的に追い詰めるのも楽しそうだよなぁ」

「じゃあ、最後の俵は……」

「俺だろうな。それで綺麗に桂の血が絶えるんだから」

「……ったく」

陽介は口にマグカップを運びかけ、手をおろした。このままだと、どうしてもお茶が不味い。それもこれも月也のせいだ。

「見立て殺人なんて成功させません。僕が阻止しますから」

「へぇ、どうやって？」

「僕が蟲に喰われます。なんなら桂ご夫妻を手にかけてからでもいい。先輩の手を汚させたりはしません」

「どうして、そこまで言えるんだよ」

「だって、止めたいって思うじゃないですか。犯罪者になんかしたくないって。そこに理由がいりますか？」

「お前にはなんのメリットもねぇのに？」

「そうでもないですよ。きっと、その方がお茶が美味しいです」

短く笑い、陽介はほうじ茶をすすった。だいぶ冷めてきている。ほうじ茶は熱めの方が好きだと思いながら、深く息を吐き出した。

「冗談はさておき！　ユカリさんの息子さんは何を考えているんでしょうね。美辞麗句をパターン化させているからといって、まさか小学四年の男の子が見立て殺人の下準備をしているなんてことはないでしょうし」

「ああ、むしろ正反対。可愛らしい暗号だよ」

ハハッ、と月也は明るく笑った。今しがたまでの殺人計画を吹き飛ばすように。とはいえ普段は目付きが鋭く、悪魔めいた印象の方が強い彼が笑ったところで、到底穏やかな雰囲気にはならない。空もいくらか雲が増えてきたようだった。

「暗号ですか？」

テーブルの縁すれすれにマグカップを置き、陽介は眼鏡を外す。シャツの裾で拭ってかけ直してみたが、汚れが伸びただけだった。面倒がらずに眼鏡拭きを使用するべきだったようだ。

「先手を打てば今日は眼鏡が曇ってますけど。だからって文面が見えないほどじゃありませんから」

「なんだ、ツッコミ甲斐のない」

「ツッコミって……確かに僕は裸眼の視力０・１ないですし、衛生面も考慮してコンタクトレンズ反対派ですけどね。眼鏡に対してキャラ付けされても困るんですよ。眼鏡《がんきょう》は単なる視力矯正アイテムに過ぎないわけで、僕という本質を具現化しているわけでは――」

「へいへい！」

両手を軽く挙げ「お手上げ」を示し、月也は陽介を黙らせた。

「今回の依頼はすげぇ親切だったと思うけどな」

「そうですか？　いつも通りって感じがしますけど」

「節穴め。ちゃんと息子の父親がヒントくれてるじゃねぇか。その上で黙ってるところをみると、父親は暗号に気付いてるな。まあ俺も、これはユカリさん本人が解かなきゃ意味ねぇって思うけど」

月也は新しく加熱式タバコをセットし、電源をオンにした。眉を寄せたものの、陽介は黙っておく。ほうじ茶の残りもわずかだ。咎める理由はなかった。

「だとしても。自分で解けって回答は乱暴すぎやしませんか？」

「だよなぁ……つまり、自分で解いたって錯覚させるような回答を考えるのが、この依頼の最も難しい点ってわけだ」

「なんですかその催眠暗示みたいな胡散臭い話は。まあ、だいたいいつも胡散臭いのが先輩ですけど」

「ひでぇ言われようだな、俺」

「当然でしょう。日常会話に『完全犯罪』なんて単語を放り込んでくるような人なんですから。疑ってくださいって言いふらしてるようなもんじゃないですか」

「いや、俺だってさすがに日下以外には言わねぇし」

「そういう信頼はいりません」

「まあまあ。それよりさ、日下。お前は気付いてねぇだけなんだよ。今回の暗号に関してお前は、本当は答えを見つけてるんだ。ただ、その答えに自信が持てねぇんだろう。だからまだ、分かっていないふりをして、誰かと答え合わせをしたいと思ってるんだ」

ふうっと細く煙が吐き出される。先端の加熱部分から煙が立たない分、昔ながらの紙巻きタバコのような害を非喫煙者に与えないとされているけれど。こうしてタバコの香りは広がってくる。陽介は大きく手を振って煙を拡散させた。

「僕が答えを分かってる?」

「ああ。大丈夫、日下の答えは正しい。だからもう一度、ゆっくりと依頼文を読み返してみな。やたらと繰り返される単語に気付くだろうから」

言われるままに陽介はスマホを手にする。依頼文を表示し、月也に言われた通りにゆっくりと読み返してみた。

(繰り返される単語?)

言われてみれば「今日も」という単語が目に付く。

「それにしても、その息子は偉いよな。俺なんて挨拶なんてろくにしなかったのに。場面に応じてしっかりと挨拶をしている。よくもまあそこまで時計みたいに、忘れることなく挨拶できるもんだ。感心するね」

「……『今日も』と挨拶がセットになってることが重要ってわけですね。挨拶なら忘れる可能性が低いから。もしかして、順番も関係してますか？」

「年齢に合わない言葉選びは、父親が言っていたように『推理小説』が好きだからだろうな。読書する中で覚えた言葉を、挨拶と合わせて、贈り続けているんだろう」

推理小説という言葉を口にする時、月也はタメを作った。強調は、そこに注目させたいという気持ちの表れだ。色々な物語がある中で、推理小説とジャンルを指定していることにも意味があるのだろう。

そして、言葉を挨拶と合わせて贈る——暗号。

「もしまだ自分に自信が持てねぇなら、もう一度読み返してみればいい。ユカリさんはちゃんと答えを書いてるんだ。あとは怯えずに、その答えを拾い集めて、気付いてやるだけでいい」

「………」

挨拶の順番通りに、「今日も」に注目して、答えを拾い集めれば……。

今日も、お綺麗ですね。

今日も、可憐な盛り付け方ですね。

今日も、愛らしいユカリさんに見送ってもらえて嬉しいです。

今日も、燦々と輝く太陽みたいな一日をありがとう。

「『おかあさん』ですか！」

「さあねぇ」

月也は煙を吐き出して、にやりと笑う。

「俺が暗号を仕組んだわけじゃねぇから、答え合わせはその息子クンとしてもらうしかねぇな。ただ一つ言えることは、ユカリさんは嫌われちゃいねぇってことだけだ」

「むしろ、とても愛されてますね！」

満ち足りた気持ちで陽介はほうじ茶を飲み干した。加熱式タバコのにおいがうっとうしいはずなのに、最後の一口は幸せな味がする。それはきっと、素直に「おかあさん」と呼べない恥ずかしがり屋の男の子が、一生懸命に言葉で遊ぶ姿が見えたからだ。

「とても素敵な話ですけど……桂先輩、今、僕で実験しましたよね。自分で解いたと錯覚させる回答を作れるかどうか」

「そりゃあお前、俺は答え知ってるもん。分かってねぇ奴が実験台にならなきゃ意味ねぇじゃん」

ゲラゲラと月也は笑う。彼のまわりを取り囲む煙といい、もじゃもじゃと癖の強い漆黒の髪といい、切れ長と言えば良く聞こえるかもしれないけれど鋭い目元といい、完全犯罪を目論む思考といい――思い付く数々のマイナスイメージを、陽介はため息に変えて吐き出した。

「教育学部として、僕も少し、アドバイスしてみてもいいですか？」

「別に断らなくても。『理系探偵』を始めたのはお前なんだから」

お好きにどうぞ、と月也は大袈裟に思える動きで手のひらを向けてくる。陽介は空になったカップを両手でつかみ、ゆっくりと瞬いた。

「答えが分かったら、ユカリさんはそれを、暗号で伝えてあげてほしいんです。子どもの心を知るには、子どもと同じことをするのが一番ですから。ミラーニューロンじゃないですけど、模倣は『共感』の第一歩ですから。まあ、難しいこと抜きにしても、単純に嬉しいと思うんですよね。スパイごっこみたいで」

「……じゃあ日下も、完全犯罪考えてみる？」

「そういう共感はお断りです。それよりも先輩、買い出し付き合ってください」

「できる限り少人数で、だろ。お前一人で行けばいいじゃねぇか」

「米が切れました。十キロ運ぶには労働力が必要です。将来米俵を喰らう蟲になるくらいなら、今日の米を運んでください」

「えー」

「文句があるなら実家に頼ればいいでしょう。農村なのに米すら仕送りがないなんて、一人暮らしの大学生としてレアケースじゃないですか？」

「二人暮らしだしぃ」

「調子のいいことを！　お茶の美味しさも分からないような人は知りません。ホラ、さっさと動く！　感染症のせいで流通も安定してないんです。できれば今日こそはトイレットペーパーもゲットしたいんですよ」

「あれはなぁ、ゲーム理論的には四人のジレンマが――」

「御託はいりません！」

グダグダと座り続ける月也の腕を引っ張り、陽介は無理やりに立ち上がらせる。舌打ちののちに月也が歩き始めると、陽介はテーブルに残った不揃いのマグカップをつかんだ。

白いカップの中も飲み干されている。どうしようもなく底に残った、乾きかけたほうじ茶が作る三日月に、陽介は微かに笑った。

美味しい、とは言わない月也だけれど。

これまで、彼は陽介が出したものを残したことはない。

「……先輩！　マスク忘れないでくださいよっ」

「へいへい」

室内からはやる気のない返事がある。そのせい、ということは絶対にないけれど。ドラッグストアをはしごしても、ついにトイレットペーパーには出会えなかった。

おかげで、明日も買い物ジプシー決定だ。

＊パープル［purple］（けなして）美辞麗句で飾り立てた

第４話　イエローバックにさよなら

『高野連は、夏の甲子園中止を発表しました』

二十一時前。テレビの中の男性アナウンサーは無機質な声で告げた。今日初めて聞いた話ではないけれど、臙脂色の二人掛けソファに、二人揃って聞いたのは初めてだった。

だからだろう。陽介はふと呟いていた。

「高校球児はどういう気持ちなんでしょうね」

「さあ、俺はスポコン系の青春は分かんねぇけど……今日って二十日だろ。緊急事態宣言から一か月以上経ってるわけじゃん。判断としては遅いんじゃね？」

「インターハイはずっと早くに中止を決めてましたしね」

記憶では、四月二十六日のことだ。東京五輪にいたっては三月三十日には正式に延期を決定している。甲子園だけ、ひどくのんびりしていたような印象だ。

その間の、期待と不安。そして、結局という結論。

「やっぱり……ぽっかりと、未来が空洞《くうどう》になった気分なんでしょうか」

少しばかり詩的な表現で、陽介は首を捻った。

どうにもイメージできないのは、そんな手ごろな未来に、予定などないからかもしれない。はっきりと確定しているのは二年後、月也が卒業する時。そしてその一年後、自分が卒業する時だ。

そのあとは——あえて目を逸らす。

では、もっと近い未来なら、と想像してみても空っぽだった。アルバイトか講義で埋められていた予定は、今は白紙。そうでなくとも大学生なんて、その日の風まかせみたいなものだ。よくて前日、明日の予定が決まるようなアバウトさが陽介は好きだったけれど。

「九月にどっか出掛けてみるか？」

「え？」

「あー、まあ、ワクチンなんてすぐできるもんじゃねぇし。もしかしたら今よりもっと悪化してるか分かんねぇけど。ゴールデンウィークはずっと引きこもってたし……何より、貯蓄が大丈夫そうだったらだな」

「いいですよ、行きましょう！」

「……………」

陽介が予想よりもはしゃいだからだろうか。気恥ずかしそうに月也はリモコンをつかんだ。チャンネルを、毎週欠かさず見ている刑事ドラマへと変える。

冒頭から上がる拳銃の白煙を横目に、陽介は立ち上がった。

「お茶、淹れてきます」

キッチンに入り冷蔵庫を目にした瞬間、きつく眉を寄せる。食事担当として、その中の状態は開けるまでもなく分かっていた。

ほぼ「空」だ。

メインの原因はステイホームを尊重し、外出回数が減っているからではあるけれど。それ以前に、家計、エンゲル係数の不安によるものだ。

月也は実家からの仕送りを拒絶している。自分の生活費はバイトの掛け持ちで稼いでいたけれど、今はシフトゼロ状態。

陽介も、あえて実家を頼ってはいなかった。せっかく首都圏へと逃げてきたのだから、少しでも関係を断っておきたかったのだ。何百キロと物理的距離がある中でまで、扶養家族扱いされたくなかった。

とはいえ陽介もシフトゼロ状態。時給で収入が決まる以上、無職と同じだ。自身のスキル向上を狙ってと、大学生アルバイトが入りやすい飲食系だったことが仇となった。

つまり、二人揃って四月は無収入。来月の食費はすでに危機的だ。

それが、いつまで続くのか分からないのなら、尚更に……。

(コンビニのバイトにしとけばよかった)

ため息をつき、陽介はジーンズの尻ポケットからスマホを引き抜いた。九月の小旅行のため、と心の中で言い聞かせてパターンロックを解除する。

アドレス帳から「日下」を選ぶ。二十一時を過ぎたばかりだから、まだ起きているだろう。少し迷惑な時間かもしれないが、気遣いをしたい相手でもなかった。

右の耳にスマホを当て、左手の指先でなんともなしに前髪をいじる。だいぶ長くなってきたけれど、感染症を思うと美容室に行きたいと思えない。こういう時、少しだけ月也の髪質が羨ましかった。くるんと横にはねてくれたなら、目元に落ちてこないだろう。

ふと、コール音が途切れた。

『おばんですぅ、どちら様?』

ワントーン高い母の声がした。陽介はシンクに寄り掛かり、なんとも言えない気持ちで前髪を離した。

「――おれ」

『陽介だか! まんず元気にしてらったか? ちびっとも連絡ば寄越さねぇでどやしてたじゃ。そっちばえれぇことサなっててらべ。おめぇはどやったの? 月也坊ちゃんば迷惑っこかけて――』

「坊ちゃんなんて呼んだら殺されるよ」

懐かしい故郷の訛《なまり》にため息を吐き出して、陽介は前髪を掻き上げる。右の耳では母親が「殺す」という単語に反応して文句を垂れていた。

「手短に用件だけ。金ちょうだい」

『しばらくぶりに電話ばしてきた思えば! まんずオレオレ詐欺だじゃな。んで、いくらくらい必要なの?』

「とりあえず十万かな」

『米ばいらねぇの？』

「あー……現金がいいから送金しといてよ。給付金とかも入ったんじゃないの？」

『そればまだじゃ。あのマスクもまだ届かねぇよ』

「まあどうでもいいや。口座は分かってるでしょ。いつもの。じゃあそれだけだから」

『坊ちゃんば元気してらかッ？』

早口で通話を終わらせようとした陽介を察したように、母親は大声でかぶせてきた。

『せっかく側サいられるんだすけな！　ちゃんと世話っこばしなきゃダメだよ！』

「うるさいなぁ。かっちゃよりおれの方が料理上手だろ」

『まぁ！　やかましねぇな！』

「へば、十万頼んだからね！」

通話を切った陽介は深く息を吐き出す。妙に気持ちが落ち着かず、鼻にうっすら汗が浮いていた。そのせいで落ちかけた眼鏡を直し、もう一度ため息をつく。

（なんかおれより、桂さんのこと気にしてない？）

あの町の有力者の息子だから、だろうか。日下のせいで不利益を被らせたら不味いとでも思っているのかもしれない。

「……………」

疲労感と共にほうじ茶を淹れて戻ると、月也は深く背もたれに沈み込んでいる。陽介を横目で捉えると、ツン、と顎を上向けた。

「ぼくのくだらない矜持《きょうじ》に付き合わせてしまって、申し訳ありませんね」

「やっぱり聞こえてましたか」

月也の前に白いマグカップを置き、陽介は左のひじ掛けに腰を下ろす。できれば自分もクッション部分に座りたいところだけれど、それでは月也に近すぎた。

月也はカップへと腕を伸ばし、軽く鼻を鳴らした。

「久々に聞いたな、あの町の方言」

「え、母の声ってそんなに響いてましたか？　いくらなんでも僕も、そこまで耳が悪い覚えはなかったんですけど」

スマホの通話音量がおかしくなっているのかもしれない。陽介は尻ポケットからスマホを引き抜く。左角のランプがメールの受信を報せていた。その、依頼を示す赤色の点滅を一時保留にして、

「やっぱり。音量はおかしくないですね。スピーカーモードにもしてませんでしたし」

「あー気付いてねぇのか。日下、お前が終盤訛ってたんだよ。かっちゃにつられちまったんだな」

ケラケラと月也が笑う。陽介はハッと顔を赤くした。気恥ずかしさにフラフラと視線をさまよわせる。いっそう愉快そうに、月也の笑みが深まった。

「別に、ぼくに対して敬語である必要はないんですよ。日下くんとは、できる限り対等な関係を築いていきたいと思っていますから」

「……だからこそ、なんだけどな。おれが知り合った『桂月也』は高校の先輩でしかないから。ほかの事情はなかったことにして、科学部の可愛い後輩って扱いのままにしてもらいたいんだよね。どうせここでの生活なんて、フィクションみたいなものなんだから」

「だから、『僕』というわけですもんね」

「だから、『俺』ってわけでもあるんだろ」

互いに答えずに、陽介と月也はほうじ茶をすすった。

陽介の砕けた口調の「おれ」も、月也の畏《かしこ》まった口調の「ぼく」も、実家やあの町の友人といったような他人を相手にした時に見せる一面でしかない。そうして「素の自分」を隠したのは、「家」に対する反感と嫌悪の結果だった。

父とは正反対の性格、他人が求めない性格を演じる――

お互いがそういう保身の仕方をしていると気付いたのも、あの夏のことだ。二人だけの科学部で、ひょんなことから分かってしまった。

本質的には似た者同士だったのだ、と。

外に対しては違う自分を見せていないと自分を保てない、不安定な臆病者。月也の方が深刻なのは、それが殺意にまで結びついているところだろう。陽介は、幸か不幸か、そこまで完璧に堕ちることができなかった。

「可愛い後輩ってなんだよ。お前、全然可愛くねぇじゃん」

マグカップから口を離し、月也は二人の時にだけ見せる、悪魔のような軽薄な笑みを浮かべた。陽介は軽く唇を尖らせて、マグカップをテーブルに置く。「少なくとも」と眼鏡を押し上げた。

「先輩よりは可愛げがあるでしょう?」

「まあ、背はちっさいけどな」

「図体ばかりの人に言われたくありません! ホラ、依頼ですよ!」

陽介は赤い点滅を見せるスマホを投げつける。意図したわけではなかったけれど、角が月也の脇腹に命中した。小さな呻き声をもらし、月也は陽介を睨み付ける。陽介は咄嗟にひじ掛けの陰に隠れた。

「依頼ですよ?」

「やっぱ可愛くねぇよ」

舌打ちして、月也はパターンロックを解除する。月也と陽介のスマホはメーカーもキャリアも違うというのに手慣れたものだ。ひじ掛けに顎を載せて月也の指先を眺めながら、陽介は短く息をもらした。

「どういう依頼でしたか?」

「……ウミガメのスープだな」

「ウミガメのスープというと――」

「料理名じゃねぇよ?」

「分かってますよ。いくら僕が料理担当で、家庭科教育専攻だからって、有名な水平思考問題を知らないほど無知じゃありません」

　ふぅん、となぜか挑発的に目を細めた月也は、組んだ膝の上に手を置いた。そこでスマホをもてあそびながら、

「水平思考って言葉くらいは、そこそこ知られてるけどな。具体的にそれが何かとなると分かってる奴は少ない。どちらかと言えば『ウミガメのスープ』という具体例ばかり先行している印象だしな」

　月也は一度言葉を切り、陽介にスマホを返した。

「水平思考——ラテラルシンキングは、イギリスの学者エドワード・デ・ボノが発案した思考法だ。端的に言えば、固定観念に縛られず、柔軟に、多角的に考えることでまったく新しい答えを導こうって話だな。それをゲーム化した有名問題が『ウミガメのスープ』。出題者は『はい』『いいえ』『関係ありません』の三つの解答パターンだけが許され、それをもとに解答者は真相に迫る……今回の依頼は、どことなくそんなにおいがする」

「つまり、厄介なにおいってわけですね」

　ひじ掛けの陰から立ち上がり、陽介はスマホを受け取る。依頼メールを表示させながらひじ掛け部分に座った。

【ニックネーム　モリウエさん】
たった今CMを見た流れで、理系探偵さんを知りました。

相談したいのは、去年の冬から同棲を始めた彼女のことです。足の踏み場もないくらい本でいっぱいだった彼女が、それくらい本好きだった彼女が、同棲を始める時に、その本のほとんどすべてを売ってしまいました。

どうしてでしょう？

「……ウミガメっていうか、単に情報不足じゃないですか？」

「水平思考問題だって、出題された当初は情報不足も甚だしいだろ。それとそっくりじゃねぇか。本好きの彼女がほとんど本を売ってしまいました、何故でしょう？　ってわけなんだから」

言われてみればそうかもしれないが。陽介は親指の爪の先で、カツカツとスマホをつついた。

「単純に、同棲をきっかけに身辺整理しただけじゃないですか？」

「日下……今日も無事、曇った眼鏡かけてんだな」

ケラケラと月也は悪魔めいた笑い声を立てる。陽介は舌打ちし、依頼メールの文面を睨みつけた。

読み返して何度目だろうか。「どうしてでしょう？」の文字がゲシュタルト崩壊を始めたところで陽介は諦めた。

「先輩……」

「日下が思い付く程度の理由を、依頼人が思い付かないわけがねぇだろ。きっとこのモリウエってやつは彼女に聞いたんじゃねぇかな。同棲するから処分したのか。答えはノーだった。けれど、ほかの理由を教えてくれない。だから困って、理系探偵なんて胡散臭い存在を頼ることにしたんだろう」

「ああ、言われてみればそうですね」

引っ越しに際して片付けたのなら、わざわざ金銭を発生させてまで相談する必要はないのだ。そうではない別の理由がある——依頼という形になっている段階で、当たり前は捨て去るべきだった。

水平思考。ウミガメのスープ。

月也が一読で今回の依頼をそう評した理由を、陽介はようやく理解した。

「では、質問が必要になるんですね」

スマホを持つ右手を月也に向かって伸ばす。左手で受け取った月也は、流れるような指遣いでセキュリティを解除した。

「どんな質問がいいと思う？」

「そうですね……『桂月也が考えた質問』がいいんじゃないですか？」

「少しは頭が回ってきたみてぇだな」

喉の奥で笑った月也はスマホを右手に持ち替える。親指をせわしなく動かし、依頼人への質問メールを完成させた。

【スキル提供者　理系探偵】

モリウエ様。ご依頼ありがとうございます。

このニックネームと、CMのタイミングから判断しますと、モリウエ様も今、ミステリドラマ『記録係の女』をご視聴のことと存じます。今回のミソは冒頭、銃口から上がった白煙であり――

おっと、失礼いたしました。「探偵」らしさを証明するために、ネタバレなどして、モリウエ様の楽しみを奪うところでした。

さて、余興めいた前置きはこの程度にして、さっそく本題に入らせていただきますが……貴殿からいただいた依頼メールはいささか情報不足であり、私をもってしてもいきなり解答というわけには参りません。

ですので、水平思考――「ウミガメのスープ」という形をとらせていただければと思うのです。何、難しいことはありません。質問に正直に答えていただければよいだけです。

まずお聞きしたいのは、彼女が手元に残した本について。

ほとんどすべて売ってしまった、ということは、何冊か残した本があるということでしょう。その本についてお教えいただきたい。

【ニックネーム　モリウエさん】

そうです！　ちょうど見てました『記録係の女』。なんか本当に探偵っぽいですね！

彼女が売らなかった本は次の通りです。
・初心者でも簡単季節の折り紙
・ゼロから始める珈琲マスター
・童話で学ぶマネジメント
・まずはジャガイモを煮てみよう～和食の基本～
・宇宙の始まりには人間があった

「………」

読み上げるのが面倒だという月也の一言により、彼と頭がぶつかりそうになりながらスマホを覗き込んでいた陽介は軽く眉を寄せた。

「なんか、宇宙の本だけ浮いてますね」

「は？　これは人間原理主義を肯定した、エレガントな本だぞ。情報物理に興味があるなら読んでおいて損はない。一般の初心者を対象にした、砕けた言い回しの新書だから、専門的知識があると少しばかり物足りねぇけど。入門にはぴったりだ」

「いやまあ、先輩の趣味嗜好《しこう》はどうでもいいですけど。彼女さんっぽくない感じがしませんか？」

「彼女について何の情報もないのに、どういう決め付けだよ。もしかしたら折り紙の方がイレギュラーかもしれないだろ。性別による思い込みは、水平思考における初歩的なミスだからな、日下くん」

叙述トリックに引っかかるタイプだろ、と付け加えて月也は笑う。陽介は口をへの字に曲げると、深く背もたれにもたれかかった。実家を思い出す、木目が際立った天井を見つめる。

「でも先輩。先輩も今、どうして折り紙を選んだんですか？　コーヒーとマネジメントと和食を差し置いて」

「日下にしてはエレガントな質問だ。今お前が口にした三冊は関連性があるんだよ」

「コーヒーと和食は飲食つながりと言えますけど……」

天井に向かって首を反らしたまま、陽介は眼鏡を押し上げる。決して曇ってはいないけれど、どうしてもマネジメントの本を関連付けることができなかった。

テレビの中でも、女性警官が「どういうこと！」と叫んでいる。彼女と陽介。どちらを愉快に思ったのか、ふふん、と楽しそうに月也は鼻で笑った。

「もし彼女が、カフェの経営を考えているとしたらどうだろう？　美味しいコーヒーと和食の店だ。その新しい夢にこれまで集めた数々の本は邪魔だったのかもしれない。あるいは、新しい夢のスタートに合わせ過去を捨て去ることにしたのかもしれない。彼氏が知らねぇのは、まだ内に秘めた淡いもんで、堂々と語れないからかもしれない」

「いや先輩。もし、とか、かもしれない、ってなんですか。理系探偵桂月也にしてはキレがないですね」

「情報が不足してんだから、当たり前だろ。あくまで今のは、三冊の本から考えた俺の想像でしかない。これの正否は、追加質問によって判断するしかねぇよ」


【スキル提供者　理系探偵】

モリウエ様、重ねて質問させていただきたい。

彼女さんはカフェや和食店に興味をお持ちではないだろうか？


【ニックネーム　モリウエさん】

どうして分かったんですか！

同棲を始めたばかりの頃は、しょっちゅうカフェに連れていかれました。和食はそうでもなかったけど。たぶん、俺の実家が定食屋だからです。古くってちっともオシャレじゃないんですけど、毎日のように行きたいって言ってました。

最近は感染症のせいで出ていけなくて。彼女がコーヒーを淹れてくれてます。少し上達してきました。


「……惚気《のろけ》てきましたね」

「日下。うん、俺、お前のそういう感性はいいと思うよ。俺なんかに関わらなきゃフツーのキャンパスライフを送れてたんだろうな」

陽介を憐れむように月也は目を細める。彼の眉間に寄ったしわをちらりと見やった陽介は、再び天井を仰ぎ、へその上で両手を重ねた。

「フッーってことは、つまらなかったってことですね。少なくとも理系探偵はいないんですから。僕はきっとそんな日常を楽しいとは思いませんよ」

「そいつは結果論だけどな。『もしも』を語っても意味はねぇか」

月也はため息のように何かを呟いた。「悪かったな」と聞こえたのは、陽介の空耳かもしれない。テーブルのほうじ茶を手にする衣擦れの音の方が、よほど大きかった。

白いカップからお茶をすすり、月也は「さて」と頷いた。

「日下の言う通り、どうやら仲間外れの本は宇宙のようだな。これについてはまだ提示されていない情報があるようだ。とはいえ、ウミガメのスープはおしまいだ」

「かもしれない、ではない解答に辿り着いたんですか」

天井の木目にうっすらとホラーを感じていた陽介は目を閉じた。自然とため息がこぼれた。どうして、と。

どうして同じ情報を与えられているのに、月也は答えを導き、自分は渦巻く木目のように迷い込んでしまうのか……。

「先輩。絶対に事件なんて起こさないでくださいね。僕はきっと解き明かせませんから」

「どうだかなぁ」

「ったく……本好きの彼女は、どうして本を処分したんですか？」

「結婚したいから」

「……………」

わざとだ。右目だけで月也の横顔を確認し、陽介は口をへの字に曲げる。わざと月也は水平思考問題を続けている。その証拠にニヤニヤと笑っている。

「結婚と、和食カフェ経営の夢は関係ありますか？」

「イエス」

「じゃあ彼女さんは、モリウエさんとカフェをやりたいってことですね。夫婦で経営する和食カフェって素敵なイメージですもんね」

「半分イエス。彼女は別にモリウエと経営したいわけじゃねぇよ」

「じゃあ誰と？」

「本文を参照のこと」

月也は白いマグカップ越しにスマホを渡してくる。いずれ農業の町の支配者になるくせに、土を知らない白い手で。陽介は実家の手伝いのせいで負った、草刈ガマの傷跡が残る手で受け取った。

本文——モリウエとのやり取りを遡《さかのぼ》る。

必要な情報はすぐに見つかった。

「モリウエさんの実家が定食屋とありますね。古い……ここを今風に改装して、一緒にお店をやりたいということですか。あ、ちょっと違うか」

彼の両親と一緒に和食カフェをやりたい、というのは間違いではないだろう。でも、その想いが先だったのだろうか。

彼の籍に入りたい。結婚したい。

それは単純な恋愛感情だ。けれどモリウエの彼女は、そこで思考を止めなかった。その先にある彼の実家、家業、その未来さえも考慮した。

結婚するということは、家を継ぐこと。

時にはこれまでの自分を棄て去って——

「モリウエさんの彼女は、本当に深く彼のことを愛しているんですね」

「俺からすれば馬鹿としか思えないけどな。家のことなんて気にしねぇで、好きなように生きりゃいいんだよ」

がつん、と乱暴にマグカップを置くと、月也は立ち上がった。いつもポケットに入れている加熱式タバコの充電ケースを取り出しながらベランダへと出て行く。

その背中を見つめていた陽介は、彼が窓の向こうで煙を吐き出し始めると背もたれに沈んだ。右の手首で額を押さえ目を閉じる。どうしようもなく胸が重かった。どんなに深く呼吸しても、重さは増していくばかりだ。

家を継ぐ。

（おれは逃げたんだよな……）

農家の長男であることの方を棄てた、つもりでいる。調子よく「先生」というステイタスを振りかざすことで。実際は月也と同じように、四年という執行猶予を獲得したに過ぎない。

それが終わった時、「日下」は陽介が戻ることを疑っていない。

曾祖母も祖父母も両親も、先祖代々の土地を棄てるような真似を、日下家の長男がするとは考えていない。首都圏に出たのは気まぐれで、勉強のため。大卒や教員免許という肩書のためだけでしかないと信じている。

日下の長男だから。

土地を継ぐことは、生まれた瞬間に決まっていた。

――このまま、世界が滅びればいいのにな。

赤い夕焼け空の下で、月也がもらした言葉を思い出した。本当にその通りだ。月也も陽介も、あの田舎町に縛られている。自由になるためには、世界が滅びるしかない。

「……………」

右腕を持ち上げ陽介は目を開けた。親指の付け根に残る、草刈ガマの傷跡を見つめる。右利きの陽介がどうして右手に傷を負ったのか。

覚えている。ちょっとした不注意。畑仕事の道具を無造作に放り込んだ竹籠に、むやみに手を入れたのが間違いだっただけのこと。

けれど。もしも実家が農家じゃなかったら、こんな傷は残らなかった。

この傷は、日下家の長男であることを刻んだ呪いだ。

(自分から家を背負いにいくなんて馬鹿な人だな)

モリウエの彼女を嘲るように笑うと、陽介はスマホを持ち直した。親指の傷など見えないことにして、理系探偵に代わってメールを入力する。


【スキル提供者　理系探偵】

……折り紙の本は、おそらく、店内の飾りつけにとでも考えたのでしょう。季節の折り紙とありますから、四季を演出しようと考えているのかもしれません。

ただ、私をもってしても、どうしても分からないことが一つあります。

宇宙に関する本。これればかりは、ご実家を継ぐこととは無関係のようだ。それなのにどうして処分しなかったのか……。

わずかな謎は残ってしまいましたが、モリウエさんの満足を得られる解答を提供できたと思っています。


【ニックネーム　モリウエさん】

なるほど！　分かりました。俺もう彼女と結婚します！

宇宙の本は、初デートで贈ったプレゼントだったんです。本屋で、彼女がすごい欲しがって。ほら、宇宙《ソラ》ガールってやつです。

そういえば、彼女の部屋にあった本のほとんどがＳＦとか——

「……ッ」

陽介はスマホを、月也のいないソファに向かって投げつける。クッションに跳ね返ったスマホは、鈍い音を立てて床に落ちた。

「桂先輩！」

少し泣きたい気持ちで、陽介もベランダに向かう。大股で。室内灯の光に揺らめく煙の先に捉えた、黒い目を見上げた。

「僕にもタバコ吸わせてください」

月也はゆっくりと瞬くと、咥えていた加熱式タバコを口から離す。左手の親指と人差し指で挟んだそれを、無言で陽介に差し出した。

同じように、右手の親指と人差し指で受け取った陽介は、数秒ためらって。口に運ぶと同時に目を閉じた。

深く吸い込もうとして――すぐにむせた。

ケラケラと月也が笑った。

「未成年のくせに慣れねぇことすっから」

「そういう気分だったんです」

「お互い大変だもんな」

陽介が返した加熱式タバコを口に咥えると、月也は錆び付いた柵にもたれかかる。これまでなら、どんなに暗くても誰かの気配があった通りには、まったく人の気配がなかった。

チカチカと点滅する街灯がまた、不穏な雰囲気を演出していた。

「いや。お前の方が大変か」

「僕の方が？」

「だってそうだろう？　俺の場合は『血』を途絶えさせれば終わる問題だけどな。日下が背負ってんのは『地』だからな。人を殺せば終わりってもんじゃねぇ」

「ああ……」

陽介は月也から吐き出された煙を肺に取り込む。脳裏にはうんざりするほど広大な農地の姿があった。

あれは、いずれ否応なく受け継ぐこととなる、日下家の財産だ。

「確かに大地は殺せませんからね」

「そうか。やっぱりお前も」

月也は言葉を切り、タバコの煙を吐き出す。ゆらゆらと夜空に消えていく白煙を仰ぎ見て、苦々しそうに口元を歪めた。

「日下。なんで相続放棄って言葉を浮かべなかった？」

「………」

「結局日下くんもぼくと同じで、あの町からは逃げられないと思っているんですね。いいえ、あの町の一部として帰ることを潜在的に刷り込まれている……難儀なものですねぇ」

「それでも。それでもおれは逃げてみせるよ。必ず。桂さんみたいな、血塗られた終わりなんかに頼らないで」

「たのみますよ」

「……やっぱり先輩も一緒に逃げませんか。先輩の悪知恵があれば、小遣い稼ぎの理系探偵みたいにうまくやっていけると思うんですけど」

「でも。助手がタバコも吸えないようなお子様なんて、頼りなさすぎねぇ？」

からかうように、月也はふぅっと煙を吹きかけてくる。陽介はむっと口を尖らせると、彼の手から加熱式タバコのスティックを奪い取った。

もう一度吸おうとしたところで、月也の白い手が取り上げる。その、陽介よりも五センチ以上高い位置にある目は、それこそ悪ふざけをする子どもを窘《たしな》めるように細められた。

「いいよ、日下は日下で。飯が美味けりゃ充分だ」

「あ」

「あー……」

しまった、と鼻の頭にしわを寄せて、月也は右頬をポリポリと掻く。彼が口にする「美味しい」という言葉には、「信頼」という意味が含まれていることは先日発覚したことだ。

だから、陽介はにやにやと笑った。

「分かりました。明日も美味い飯、食わせてやりますね」

＊イエローバック［yellow back］三文［通俗］小説

第5話　ピンクエレファントの王子様

五月二十五日。

ようやく、全ての都道府県で緊急事態宣言が解除されたというのに……月也の大学も陽介の大学も休講の続行を告げてきた。とはいえ、さすがに何もさせずに休ませ続けることには疑問を持っているようだ。休講のお知らせには、課題も添付されていた。

（家庭内にある材料で効率よくマスクを作成する方法をレポートせよって……）

明らかに、家庭科教育と新型感染症を結び付けている。さすが、と評することもできたけれど面倒だとしか思えず、陽介はスマホを持つ右手をだらりとおろした。

黒い座椅子の背もたれに寄り掛かり直し、ぼうっと空を眺める。

開けたままにしている窓から入る風に、どことなく湿り気を感じた。梅雨が近付いている。オバケと呼びたくなる紫陽花も、こんもりとした青い花を揺らしている。

これは、晴れている今のうちに布団を干す方がいいかもしれない。午前十時半を過ぎたばかりだから、充分に布団は乾くだろう。

「……………」

畳の上に無造作にスマホを投げ出して、陽介は押し入れに向かった。月也のように畳を無視してまでベッドを入れることはせず、陽介は都度布団を上げ下ろししている。

安さが売りの家具量販店でセット買いした布団一組を持ち上げた陽介は、じっと、押し入れの先のベニヤ板みたいな壁を見つめた。この向こうは月也の部屋だ。

間取りから考えると、元は201号室だった場所だろうか。陽介の部屋が横並びの202号室のはずだけれど、かつては別契約されていた部屋とは思えないほどに壁が薄い。畳敷きでなかったら、ちょっとした足音も響いてきそうなほどだ。

けれど今、押入れの向こう、薄い壁は物音を伝えてはこなかった。

(寝てんのかな)

すると、月也の布団を干すことはできない。自分では布団の一つも干せないのは、やはり「桂のお坊ちゃま」だからだろう。引っ越してきたばかりの頃、月也の布団に発生していたカビを思い出し、陽介は苦笑した。

錆《さび》を気にしつつ、ベランダの落下防止柵に薄い布団を干し終えると。陽介は月也の部屋を覗き込む。別々の部屋だった時にはあったのだろう、ベランダを仕切っていた板の痕跡は、ウッドデッキ風タイルで隠れている。

月也もまた窓を開けていて、その姿は窓際のパソコンデスクにあった。月也の大学もまた、何かしらの課題を出したのかもしれない。

カタカタカタ――黄ばんだキーボードの上を、白い指がリズミカルに踊った。

このデスクトップパソコンも居間の丸テーブル同様、大学のゴミ置き場から失敬してきたものだという。ほんの少し型落ちした程度で捨ててしまうのは、陽介には信じられないことだけれど。理系科目に特化した月也の大学ではよくあることらしい。それゆえに、ゴミ置き場からの「お持ち帰り」が暗黙の了解として認められている。

カタン……右手の中指が、バックスペースの上から動かなくなった。左手はぐしゃぐしゃと、もとからうねっていた黒髪を、さらに滅茶苦茶にする。

「日下、コーヒー」

「布団干してからでいいですか？」

「ああ……」

気のない返事ののち、月也は再びキーボードを叩き始める。同じ量販店の安物、薄くて軽い布団を運びながら、陽介はちらりとディスプレイに目をやった。脳が理解するよりも早く目を逸らしたのは英文だったからだ。

ベランダの柵を布団で埋め尽くした陽介は、ふぅ、と満足げに息を吐き出す。両手の指を組み上に伸ばしながら、自室を通ってキッチンへと向かった。

（コーヒーだけじゃ糖分足りないかな……）

お子様舌の月也は、コーヒーをブラックでは飲めない。必ず砂糖を入れるけれど、頭脳労働中では不足かもしれない。とはいえ、必要最小限の食費に抑えているこの家にお菓子のストックなどなかった。

（十万入ったし、少しくらいはいいか）

九月の小旅行を実行できるように、できる限り温存しておきたいけれど。陽介は火をつけたばかりのガスコンロを止めた。マスクを取りに自室へと向かう。

　そういえば、政府が配布すると騒いでいるマスクはいつ届くのだろうか。そんなことを考えるでもなく考えながら、大学が課題とする前に手作りしていた、百均の手ぬぐい製マスクをつかんだ。

　ソファを乗り越えなければ近付けない月也の部屋に、声だけを掛けた。

「先輩。ちょっと出掛けてきます」

「俺も行く。ヤニ切れた」

　わざわざ待ってやることはせず、陽介は先に玄関を出る。元が何色だったのかも分からない色褪《あ》せた金属ドアが閉まり切る前に、月也も外廊下へと出てきた。その顔を覆うマスクもまた、陽介が手縫いしたものだ。

　同じ、ハリネズミ柄の手ぬぐいを切り分けて作った、少しファンシーなベージュのマスク。どこの店にもマスクが見つからない現状だから、仕方がないことなのだけれど。

「…………」

　頭半分背の高い月也の口元を睨み、陽介は自身のマスクの位置を整えた。なんとも言えない気持ちをこめて。

「行かねぇの？」

「……いえ。貧乏って自覚があるのにタバコをやめないのはどういう心理なのかなって考えていただけです」

短く息を吐き出して、月也よりも先に階段に向かう。金属製の階段もまたベランダの柵と同じように錆び付き、パラパラと塗装が剥がれ落ちていた。

「あと。ハリネズミ柄の可愛い系マスクは先輩には似合わないなって」

カンカンカン、と陽介は高い音を立てて階段を下りる。ちょうど半分遅れのタイミングで、月也の足音も追いかけてきた。

「似合わないって、お前が作ったんじゃん」

陽介は何も答えず通りを右に曲がる。電信柱三本ほど先に、茶色の中型犬を散歩させる人の姿があった。後ろ姿のその人が男なのか女なのか、若いのか老人なのか、陽介には分からなかった。

散歩中の人の後ろを左右も確認せずに飛び出し、路地裏に消えた子どもらは、小学生の男子だ。二人とも流行りのアニメを連想させる、同じ市松模様のマスクをしていた。もしかしたら彼らは兄弟なのかもしれない。

「先輩。僕らって兄弟に見えますかね?」

階段を下りた流れのまま、一歩分だけ前を歩きながら陽介は呟く。どうやらこの馬鹿げた問いは月也の耳まで届かなかったようだ。

けれど。「何?」と彼をすぐとなりまで呼び寄せることにはなってしまった。

「いえ……レポート大変そうですね」

「ああ。英語表記ってのがきついな。専門用語の和英辞典は図書館に頼りっぱなしだったから。ケチんねぇで自腹切らなきゃ駄目かもな」

「そうですか。じゃあ、ますます貧乏になりそうな先輩に、特別にお菓子一個買ってあげます。税込み二百十六円以内で、一個限りですよ」

「そりゃありがてぇや」

ははは、と月也は短く笑う。「もともと買うつもりでしたけどね」と陽介はからかって、薄いパーカーのポケットに手を突っ込んだ。五月も下旬となると、この服では暑かったかもしれない。衣替えのことを考えながら、あの町とは違い、家と家の間に畑もビニールハウスもない通りを歩いた。

黄色の点滅信号の先に、あの町にも存在する、牛乳缶がトレードマークのコンビニが見えてきた。

申し訳程度に存在する駐車場には、一台も車はなかった。

緊急事態宣言が明けたばかりで、ステイホームの影響が残っているからというよりは、ここが仮にも首都圏だからだろう。駅からは遠く、古い住宅の方が多いために都会らしさは感じられないけれど。あの町のように一家に二台自家用車があるのが当たり前という状況ではない。むしろ、車の置き場の方に困るような、庭先のない家ばかりだ。

だからいつもコンビニの前には、自転車が乱雑に並んでいたけれど。今はすっきりと片付いていた。普段にまして綺麗に見えるのは、暇を持て余した店員が、外回りの掃除にも力を入れたからかもしれない。

「さすがにまだ、人出も少ないですね」

「ああ」

「いつまで続くんでしょうか」

「さあ。ただ……」

片側だけが開いたままになっている自動ではないドアを通って中に入る。換気が求められている以上仕方がないけれど、これではコンビニ強盗も逃げやすいだろう。自動ドアが広まっている世の中で、あえて手動のドアを採用するのは、防犯のためだというのに。

「マスコミの情報は正しいとは言えねぇな。いや、そのマスコミもまた、正確な情報を提供されてねぇのかもしれないけどな」

チョコレート菓子が並ぶ棚の前で月也は足を止める。すぐ横に並んで陽介は首をかしげた。

「マスコミが出すグラフは疑えって話は、前にも聞きましたけど。正確な情報？」

「今報道されてるのは陽性者数ばかりだろう。それが増えた減ったで騒いでるけどな。科学的、統計学的視点に立つと、重要な情報が欠落してるって分かるんだよ」

「もったいぶった言い方ですね」

「やっぱ、アーモンドチョコかな？」

「税込みで二百十六円以内でしたらお好きにどうぞ」

「マカダミアは数が少ねぇからな……例えば同じ十人の陽性者がいたとして、だ。百人中十人と二百人中十人じゃ、その意味合いが違ってくるだろう？」

月也はじっと、アーモンドチョコレートの箱とストロベリーチョコレートの箱を吟味し始める。以前なら両方を手に持って眉を寄せていたものだけれど。商品に手を触れずに悩んでいるのは、それこそ感染症を気にしてのことだ。

「百人中十人の場合、その割合は10パーセントになる。対して二百人中十人の場合は5パーセントだ。もっと身近な言い方に変えれば、町中をふらついていて、十人に出会ったら一人は感染者という場合と、二十人に出会ったら一人は感染者という場合ってことになる。こうなると、感染リスクがまったく違ってくるだろう？」

「そうですね」

「つまり、だ。重要な情報は人数ではなく割合ってことになる。でも、その情報は報道されない。なぜか。割合を公表すると必然的に、検査数を伝えることになるからだ」

月也はふらふらと、二つの箱の間で視線をさまよわせる。どうしても、どちらか一方に決めることができないようだ。ナッツもストロベリーも、彼のお気に入りだから仕方がない。

「そういえば、日本は検査数の少なさが問題視されてますもんね」

「そう。だから……なぁ、日下くん」

「はいはい」

陽介は苦笑すると、アーモンドとストロベリーの箱、どちらともをつかんだ。

「桂月也の特別講義の謝礼ですからね」

「おお、さすが日下！　ついでにタバコも――」

　ギロリと月也を睨み付け陽介はさっさとレジに向かう。交通系電子マネーで会計を済ませ、先に外へ出ると、タバコのにおいが漂ってきた。

　なんともなしに右を向く。店の前、緑色の公衆電話近く。公共の場からは軒並み撤去されているというのに、ここには変わらず設置されている喫煙スペースで、三十代半ばと思われる男性が煙を吐き出していた。月也のような加熱式タバコではない。紙巻の、必死に健康被害が訴えられている方だ。

「あ、楢原《ならはら》さん」

　親し気な声を発したのは月也だった。軽く右手を挙げた彼は、加熱式タバコをセットしながら楢原に近付く。といっても、ソーシャル・ディスタンスを気にしたのだろう。一メートルほど手前で立ち止まった。楢原も気にした様子で、顔が向き合わないようにコンビニのガラスの壁に背中を預ける。そうして二人は横並びになった。

「……先輩？」

　微かな疎外感に戸惑いながら、陽介は首をかしげる。かさり、と手元のレジ袋が音を立てた。マスクを顎に引っ掛けた月也の口からも、細く煙がのぼった。

「楢原さん、仕事じゃないんですか？」

「テレワーク中。っつっても今はサボり中なんだけどね。家の空気が悪くってさぁ」

　大きく息を吐き出した楢原は、苦笑すると前髪を掻き上げた。「大変なんですねぇ」と当たり障りなく相槌を打つ月也の目尻に、愛想笑いではないものを感じ取り、陽介は先に帰ろうとスニーカーの爪先を動かしかける。

　月也の左手が小さく手招きしていることに気付き、マスクの下の口をへの字に曲げた。渋々といった体《てい》を装って近寄り、ソーシャル・ディスタンスを無視し、月也のすぐとなりに陽介は並んだ。

「ああ」

　ちらりと陽介に目をやった楢原は、何を納得したのか頷く。次のタバコに火をつけて、たれ目がちの顔を空へと向けた。

「他人と同居って疲れない？」

　そう語る楢原の左手の薬指には、銀色のリングが光っている。

「ぼくは疲れたと感じたことはないですけど。そもそも気が合わない人とはルームシェアしようなんて思いませんし」

「まーそっか。つってもさぁ、俺だってそのつもりだったけど。いざこうしてテレワークしてみるとさ、嫁さんと四六時中一緒ってのは、なんつーか、もう……疲れる」

　タバコにまみれたため息を吐き出して、楢原はがっくりと肩を落とした。口元の無精《ぶしょう》ひげがまた、彼の疲労感を倍増させて見せた。

「奥さんは専業主婦でしたっけ？」

「いや。産休中で……とにかくもうピリピリしちゃってさ。自分が感染して子どもに何かあったらどうしようとか、産科行ってもらってきたら怖いとか……仕方ないとは思うけどさぁ。心配し過ぎで、もう、マジ疲れる」

「……それは大変ですねぇ」

再び当たり障りのない相槌を打った月也は、左ひじで陽介の右ひじを小突いた。「面倒なタイミングで声をかけちまった。うまく逃げられねぇかな」と、無言の訴えが聞こえてくる。「知りませんよ」という返答を込めて、陽介は小突き返した。

「あー、その。お気楽な学生のぼくの言葉じゃ、慰めにもならないでしょうけど。あんまり無理しないでくださいね。今みたいに、外でタバコふかしたりして、ストレス発散してください」

「おう……今、はいいんだけどな。帰ったら帰ったで、どこに行ってたんだって騒ぐわけよ。私は出掛けられないのにって。出掛けられなくはないんだけどな。怯えて勝手に引きこもってるだけなのに、もう全部俺のせいみたいにしやがってさぁ……お前らさ、結婚する時は慎重にしろよ？　人生の先輩からのアドバイスだ」

「………」

陽介と月也は、揃って曖昧に頷くことしかできなかった。

本音としては、「自由に相手を選べるだけマシなんですよ」と言ってやりたいところだ。月也の未来に待っているのは、恋愛感情など無関係、桂の血を存続させ有利に発展させるためだけの結婚だ。比較的自由な陽介も、いずれ「農家の嫁」にふさわしい誰かを薦められるだろう。日下の地を子孫へと受け継がせていくために。

「特にな、嘘つきな女は駄目だ。あれはマジ、イライラする」

「嘘つき……？」

「いや、まあ……マタニティブルーってだけかもしれないけど。最近妙なこと言うようになったんだよ。そうそう、嘘の話を垂れ流しにするようになってから、ますますイライラしてるんだよな、あいつ。本当もう、疲れる」

楢原の口からは、これまでで一番大量の煙が吐き出された。陽介と月也は顔を見合わせる。そして、同時に頷き合った。

「楢原さん。奥さんはどんな嘘を語っているんですか？」

「いや……ツバメが飛んできたって」

「……………」

ツバメが飛ぶことの何が嘘だろうか。陽介と月也はそっくりな白い目を楢原に向ける。季節的にも、ツバメが飛び回っていてもなんら問題はない。今は初夏。越冬してしまったあとではないのだ。

「ちょっと二人とも！　俺の方がカワイソウみたいな目しないでよ。本当なんだって。ツバメが飛んできて、俺のネクタイピンを持っていったって言うんだよ」

「ツバメが？」

「ネクタイピンを？」

カラスでもあるまいし、ツバメは光り物を盗んでいったりはしないだろう。それでも万が一、ツバメがネクタイピンを持っていくことがあるとすれば。この時期は子育てに必死だろうから、餌と間違えた可能性だろうか。

「楢原さん。そのネクタイピンって虫モチーフとかですか？」

「まさか！　普通にシルバーのストレートなやつで。飾りにルビーが留まってるんだよ。そんな立派なやつじゃないけど」

「あー、そういえば七月生まれでしたよね」

懐かしそうに目を細めて、月也は微かに笑った。どうして知っているのだろうか。陽介はつい、眉を寄せる。

そもそも、楢原と月也はどういう関係なのだろうか。

「社員証を拾ったんですよ」

陽介の内心を察したらしく、月也はからかうような煙を吐き出した。

「ちょうどここで。そうしたらたまたま楢原さんがタバコをふかしている最中だったんですよね」

「そうそう、あん時は助かった。再発行にうるさいからさ」

「楢原さんは、とある企業の研究開発部なんですよ。だからちょっと興味が湧いて、シガレット仲間として相手してもらってたんです。といっても、このコンビニで会った時だけですけどね」

　ふーん、と陽介は目線だけで頷く。月也が興味を向けたということは、楢原は、宇宙関係の技術開発に携わっているのかもしれない。そんな人の社員証が、住宅地のコンビニに落ちているなど、農家ばかりのあの町では考えられないことだ。

「そんなすごい人のネクタイピンってことは、記録媒体とかにもなってたりして？」

　あはは、と楢原は大きな口で笑った。

「桂くんの同居人ってユニークだね。これなら確かに疲れないかも」

「料理も美味いんでとても助かってます。母よりもよほどうまく主夫として働いてくれていますね」

「うちは舌が偏ってるもんでさ。なんでも甘くしようとするから困るんだよねぇ」

　そうですか、大変ですね、と月也は笑う。今度の笑顔は作り笑いだ。主婦として働いたことなどない、月也のために料理すらしたことのない「母」を口にしたせいだろう。

（今夜は里芋のそぼろ煮でも作ってやるか）

　月也にとって「おふくろの味」であるキヨの得意料理だ。本当は生の里芋で作りたいところだけれど。そこは節約と、長期保存を考慮して、安売りスーパーで調達した冷凍もので我慢するしかない。

「あー、それでなんだったっけ？」

「ツバメがネクタイピンを盗んだって話です。すみません、話の腰を折ってしまって」

「いやいや、そうそう。嫁さんの話だと、窓からふらっと入ってきたツバメが、サイドボードからネクタイピンを咥えて飛んでったんだとさ。あいつたぶん、自分がなくしたこと言い出せなくて、そんな嘘ついてるんだろうけど」

「嘘にしては雑ですね」

月也はキュッと目を細めた。

「日下くんはどう思いますか。論理的思考能力を持っている技術屋の旦那さんに、そんな分かりやすい嘘をつくと思いますか？」

「おれも思わないけど。だからって、本当にツバメが犯人っていうのもおかしいとは思うかな」

「そう……だとしたら考えられるのは『解いてもらうための嘘』ですね。そう考えた時、日下くんならどこに疑問を持ちますか？」

さあ、と陽介は首をかしげる。

月也はいつものように、ケラケラと笑った。それでも、楢原の前だからだろう、「ぼく」のモードで言葉を続ける。

「マスクをしていると、やっぱり眼鏡は曇るんですね」

「……………」

「『ツバメ』ですよ」

目尻に嫌みたっぷりのしわを浮かべて、月也はそれ以上を語らない。ひゅるりとタバコの煙を吐き出してからから横顔は、あの町に伝わるいたずら狐を思い起こさせた。

「ツバメ、か……」

「ああ！　そっかそっか。さっきの二人の反応だよ。ツバメが持っていくのはおかしいって……なんであいつ、カラスって言わなかったんだろうな。その方がまだ、有り得そうなもんなのに」

「そういうことですよ、日下くん。奥さんはあえてツバメをセレクトした。では、さらに思考を続けましょう。奥さんは何故、数ある鳥の中からツバメを選択したのか。スズメではいけなかったのか。バレることが目的なら、いっそのこと、不死鳥ではいけなかったのか……」

うむ、と唸って楢原は無精ひげの生える顎を撫でる。陽介は手元のレジ袋――中のチョコレート菓子に視線を落とした。

糖分が欲しい。けれど、これに手を付けるわけにはいかない。

「……ツバメじゃなきゃいけない理由って。地元じゃ家にツバメが巣を作ると、幸運だとか繁盛するだとか言ってたけど」

「ああ、そんな迷信ありましたね。でも、それじゃあ、ネクタイピンの必要性がない」

「つまり。ネクタイピンにも意味を与えなきゃならない？」

「エクセレント！」

政治家の息子らしい爽やかすぎる笑顔でウインクまでして、月也はレジ袋の中に左手を差し込む。アーモンドチョコレートの方を選び、くるりと、パッケージのビニール包装をはがした。少しだけ内箱を引き出し、陽介へと差し出してくる。

「糖分」

短い言葉には「俺」モードの彼が滲んでいた。陽介はため息で応じ、艶々とした一粒をつまむ。マスクの隙間から口の中に入れた。

チョコの甘さとアーモンドの香ばしさ。これといって新しい出会いではないのに、妙に嬉しく感じたのは、頭の使い過ぎのせいかもしれない。

「楢原さんもいかがですか?」

「おう。どうもな」

「いえいえ、頭脳労働に糖分は必須ですから……それで、ネクタイピン、ですけどね」

思わせぶりな間を置いて、月也は話題をネクタイピンへと戻す。手元に戻ってきた赤と白を基調としたパッケージを見つめ、陽介は軽く首をかしげた。

(なんで先輩は食べないんだ?)

ツバメとネクタイピンの謎など、頭脳労働にも入らないからだろうか。それとも、家で待っている英文レポートのために取っておきたいのだろうか。

月也に対する疑問は、鼓膜にやさしく響く低い声に邪魔されて、考え続けることはできなかった。

「ツバメが嘘であるならば、盗まれたもの――ネクタイピンも真である必要はないでしょう。となれば、ネクタイピンであることにもまた、意味があることになりますね。では、どんなネクタイピンだったか。ね、日下くん」

「シンプルなシルバーで、ルビーが……あ」

アーモンドチョコレートのパッケージを見つめていた目を、陽介は見開いた。

「『幸福な王子』ですね、先輩！」

「ああ」

二重の目を細めて満足そうに頷くと、月也は加熱式タバコをオフにした。充電ケースに仕舞うとチノパンの尻ポケットに差し込み、コンビニのガラスの壁を離れる。少し斜めになる位置から、楢原と向き合った。

「楢原さんも読んだことありませんか？『幸福な王子』。オスカー・ワイルドが書いた児童向け短編です。安い絵本にもなってますし、奥さんはきっと、楢原さんもその作品を知っていると考えたのでしょう」

「確かに知ってるけど……」

「まあ、あの作品では、ルビーがはめられていたのは剣であってネクタイピンではありませんでしたが……もしルビーの持ち主の心が、困っている人々を救うためにツバメを使って、自身の装飾品を運ばせた銅像の王子のようであったなら――奥さんはこんな嘘をついたでしょうか？」

「……それって、俺が優しくないってこと？　だったら、それならそれで、直接言ってくれりゃいいだろ。こんな回りくどいことしなくてもよ」

「そうですね。じゃあどうして、奥さんはこんなことをしでかしたんでしょう？」

楢原は首をかしげる。目元に、妻に対する不満を滲ませて。その顔を暗い瞳で捉える月也は、温度のない声で告げた。

「楢原さんが話を聞かない人だからですよ」

「いや、俺はちゃんと聞いてるし。あいつだっていっつも喋ってきたし」

「いえ、楢原さん。聞いているという姿勢も相手に伝わらなければ意味がありません。楢原さんは聞いてはいなかったんです。だから奥さんは、謎という形にしたんでしょう。不可解なことなら興味を持つでしょう？　現にこうして、ぼくらに語ってくれました」

「でも。俺は」

「頭脳労働には糖分が必要です。甘い食事に込められた意味にも気付かず、ただ疲れたと愚痴ばかりこぼす……それこそ疲れる人ですね」

「………」

楢原の右手に挟まれたままだったタバコから、ぽとり、と灰が落ちた。コンクリートの地面でぱらぱらと形を崩していく灰に背を向けて、月也は楢原を見捨てるように、鋭い歩調で歩き始めた。

「帰るぞ、日下」

無言で頷いて、陽介は月也のとなりに並ぶ。身長差はそのまま歩幅の差となって現れるから、陽介は少しだけ早歩きをしなければならない。

「桂さん、『ぼく』の時は増して容赦ないよね」

「当然でしょう？　町を統べるものが舐められては困るんですから。言論でねじ伏せられるのならねじ伏せるまで。余計な血が流れないだけマシというものです」

「……その本人は、完全犯罪計画を考えるような、血塗られた性格ですけどね」

「うるせぇ。文句があるならお前が探偵になって、俺を止めてみせるんだな」

「嫌ですよ」

陽介は強く、レジ袋の持ち手を握りしめた。

「探偵は事件が起きたあとじゃなきゃ現れないじゃないですか。だから『止める』ことができるのは探偵じゃありません。僕はもっと、別の存在を目指します」

「へぇ、言ってくれるじゃねぇか。一体何を目指すんだよ」

「秘密です」

からかうように笑って、陽介はマンホールの蓋を飛び越える。その分だけ月也との差を開いたまま、人気のない通りの先に向かってひそやかに告げた。

「でも……だから。ルームシェアは僕の計画にとっては大きな一歩です」

「何？」

「いえ。ニール・アームストロングの言葉って覚えてますか？」

「That's one small step for man, one giant leap for mankind.」

「なんで無駄に流暢《りゅうちょう》なんですか」

「俺だから？」

「うわぁ……」

本当にもう敵《かな》いません、と陽介はケラケラと笑う。さすがに月也も恥ずかしく思ったのか、右の頬をポリポリと掻いた。

電信柱三本先に、陽介の年齢の倍近くの築年数を持つ二階建てが見えてきた。再塗装したところで隠しきれない、ボロさをにじませる浅葱《あさぎ》色の屋根。大家なりのリノベーションによって、八部屋を四部屋に減らしたものの、埋まっているのは二人が暮らす201号室と、一人暮らしの大家が自宅としている102号室だけだ。おそらく、なけなしの庭を埋め尽くし、暴走している巨大紫陽花が人を寄せ付けないのだろう。あれは遠目にも、管理の悪さを主張している。

おかげで、余計な近所付き合いをしなくてもいいボロアパート。

その、魔除けのような紫陽花の上に並ぶ布団を見上げて、陽介は微かに眉を寄せた。

「楢原さんは大丈夫でしょうか」

「さあな。ただ……」

「ただ？」

「奥さんも大概だからな。『幸福な王子』ってのは無条件の愛情だろう？　そんなもんを旦那さんに求めるのは、あまりにも身勝手じゃねぇか。与えられたいなら与える。甘い料理だけで満足してんだとしたら、それこそ考えが甘いよな」

「そうですね」

陽介は少しだけ瞼を伏せた。

与えられたいなら与える――その言葉を発した口は、与えられなかった存在だ。実母の顔を知らず、戸籍上の母には煙たがられ、邪険に扱われた。父親は守ることもなく、「育ててやっていること」の見返りばかりを強要した。

それが、桂という「家族」が、月也を殺人者へと駆り立てるのだとしたら。

考え方の指針、判断のスケールを「犯罪者」としてしまったのだとしたら。

（必要なのは探偵なんかじゃない）

カン、と高らかに音を響かせて、陽介は階段に足を掛けた。

「桂先輩。今日の夕飯は、里芋のそぼろ煮にしますね」

「キヨの？」

「もちろん。キヨさんに伝授してもらった、先輩が好きな」

一瞬、陽介は言葉に詰まった。「おふくろの味」とはとても言える気がしない。キヨが作ったのならまだ、それでもいいとは思うけれど。

自分が作る料理は、なんと言えばいいのだろうか……。

何も言葉が浮かばないまま、陽介はもう一段、金属の階段を上がった。

「ほんと、お前って料理だけはうまいよな」

「だけってなんですか！　掃除も洗濯も布団干しだって全部僕が――」

「はいはい」

感謝の言葉一つもなく、月也は陽介の脇をすり抜けていく。ちゃっかりと、チョコレートの入ったレジ袋をかすめ取って。リズミカルに二階へと逃げていく背中に、陽介は唇だけで問いかけた。

——僕は、あなたの「家族」になれますか？

ふとした瞬間、犯罪者思考に呑み込まれて堕ちるその時に。

心を引き止める抑止力になれるだろうか。

「きっついなぁ」

弱音を吐き出して見上げた空は。

眼鏡が曇っていればいいのに、と思うほどの青さだった。

＊ピンクエレファント［pink elephants］［おどけて］（酒などによる）幻覚

第6話　ブルーブラッド

熱い——月也はきつく唇を噛む。
左の脇腹がじくじくと痛み、熱い。まるで自分の身体ではないみたいに、脇腹の——その、傷口だけが、ぴくぴくと震えている気がする。

——どうして……？

熱にかすむ月也の視界の中で、やけに赤い唇の女が、にこにこと傷口を撫でた。

「月也さん。今ここにハエが止まっていたわ」

母はふうっと傷口に息を吹きかける。そうして、新しいガーゼを手に取ると、さらに楽しそうに、真っ赤な唇の端をにゅうっと吊り上げた。

「きっと卵を産み付けたのよ。大変ねぇ。そのうち月也さんのお腹の中で、卵が孵《かえ》って、たくさんのウジ虫が湧くんだわ」

母の声は言葉とは裏腹に、子守歌のように優しかった。

「ねぇ、月也さん。楽しみねぇ。いずれたくさんのウジ虫が、月也さんのお腹を食い破って出てくるのよ。楽しみねぇ」

——お母さん。どうして……。

月也の口は声を発しない。ただただ息が荒くなるばかりだ。

脇腹が、母の不注意で刺さったカッターナイフの傷が、じくじくと疼くから。痛み、熱くてたまらないから。だから、声を出せない。

お母さん。どうして、ぼくを、殺してしまわなかったの……？

「ねぇ、月也さん。虫に食い破られるってどんな感じなのかしら。痛いのかしら。苦しいのかしら。ねぇ。ねぇ。ほら、真っ白なウジ虫が」

　母の伸びた爪が、脇腹の傷を――


「…………ッ！」

　目の前は真っ暗だった。月也は軽い眩暈を覚えながら、ゆっくりと体を起こす。ここはどこだろうか、と考える側《そば》から、ここが陽介と暮らすボロアパートだと思い至った。

（何時……）

　大きく息を吐き出して、枕元のスマホを手探りでつかむ。膝を抱えるようにして、ロックを解除した。目を刺すほどに眩しい画面の中、デジタル数字は、六月に変わったばかりだと告げていた。

（喉、痛ぇな）

　渇いているというレベルではなかった。もしかしたら、悲鳴の一つも上げてしまったかもしれない。すぐとなりの部屋、薄い壁で仕切られただけの陽介に、聞かれてしまっただろうか。

　右手側、ぴったりと閉じた押入れを月也は見つめた。

　暗闇でどんなに目を凝らしたところで、向こうの様子は分からない。いや、静かだからこそ寝ていると考えればいいのかもしれない。

　起こしていなければいいと思いながら、ベッドを下りようと、月也は敷布団に手をついた。じっとりとした湿り気を感じる。随分と寝汗を吸ったようだ。

（最近干してくれたばっかなのに……）

月也は前髪を掻き上げて立ち上がる。髪の毛もまた汗に濡れてベタベタだ。しんと暗い夜中でなかったら、シャワーを浴びたいところだった。

せめて水だけでも、と月也はふすまを開ける。

自室からキッチンへ向かうには、居間にでんと構える二人掛けソファを越えていかなければならない。自分で置いたものとはいえ、こういう時には――スマホの頼りない明かりしかない状況下では、ひどく邪魔に思えた。

（日下は）

ソファを乗り越えたところで右手のふすまに目を向ける。震災の影響だという建付けの悪さのために、数センチほど隙間が空いている。だから、月也は居間の電気を点けられないのだ。

「………」

ふと、陽介を起こしてしまおうか、と思った。衝動にも似たその気持ちを抑え込むために、月也はゆっくりと瞬く。彼の部屋に背を向けて、キッチンへと急いだ。

水切りかごのマグカップをつかみ、水道水を注ぎ入れる。首都圏の水はあの町に比べるとぬるくて、不味いものだったけれど。水道局の話では、商品にできるくらいには美味いものだという。

「……ばかみてぇ」

一気に飲み終えたカップを、月也は叩きつけるように調理場に置いた。もう一度「馬鹿みたいだ」と呟いて、夏場の寝巻に使っている、よれたTシャツの上から左の脇腹を撫でた。

あの夢——母に殺されかけた夢は、梅雨の気配に立ち現れる。

家庭内で密かに、速やかに処理されたあの「事故」が、梅雨に起こったものだからだ。

だから、ミミズが貼り付いたような形で残る傷跡が、湿度に反応するのだろう。ウジ虫の代わりに悪夢を産み出し、内側から月也を蝕んでいくのだ。

「……………」

もう一杯、マグカップいっぱいの水を飲み干し、月也はソファに向かった。

今なら、母が殺さなかった理由が分かる。

殺してしまえば一瞬だ。けれど、殺さずに、こうして呪いをかけたなら。四歳だったあの頃の月也は、ずっとウジ虫に怯えていた。そのたびに母は笑っていた。

二十一歳を過ぎた今、まさか本当に脇腹からウジ虫が這い出してくるとは思わないけれど。傷は今でも疼く。そして、梅雨の気配に母が嗤《わら》う。

父は——母と一緒に笑っていた。分家から婿養子として入ってきた彼は、妻の実家かつ本家たる「桂」に頭が上がらないから。月也の方を咎めたのだ。不注意でカッターナイフを突き刺すなど何事か、と。

(わけ分かんねぇや)

本当に、わけが分からない。

自分が存在している意味が。父という存在が。母という存在が。あの「家」という得体の知れない息苦しさが……何一つ、論理的に語れない。

論理性がないから、切り崩すこともできない。

ただ、ウジ虫の呪いとなって、巣食《すく》い続けるばかりだ。

「………」

ソファのひじ掛けは硬く、寝心地が悪かった。それでも汗に湿った布団には戻りたくなく、月也は少しでも据わりのいい位置を探してもぞもぞと動きながら、目を閉じた。

「みんな死んじまえばいいのに」

蛇に喰われて。狐に喰われて。そして、蟲に食べられて……。桂の血など絶えてしまえばいい。なくなってしまえばいい。

(最悪ぼくだけでも死んでしまえば……)

——もしかしたら、桂さんは、誰かに見つけてもらいたかったんじゃない？

うつらうつらとした思考のどこかで、記憶の中で、小柄な眼鏡が微笑んだ。生意気そうなえくぼを浮かべて。探偵でも気取ったように、まっすぐに人差し指を突き付けて。

——僕はあなたを見つけましたよ。

あれは、高校二年の夏休み。

あの町では、連続放火事件が起きていた……。

「なんだって、夏休みまで活動しなきゃならないんだよぉ」

白い開襟シャツの胸元をつかみ、ぱたぱたと下敷きで風を送りながら、陽介は心底不満そうに口を尖らせた。高校の物理実験室。東北の田舎町であり、予算のない公立学校のこと、エアコンの導入など考えてもいないようだ。

盆地であるために熱の逃げる隙がなく、昼前には三十度を超えるこの町で、それは大問題だと月也は思う。けれど、桂議員のご子息が通っているというだけで予算に色が付くようなことはなかった。そもそもあの父親に、そんな配慮などありはしない。

「休み明けすぐの文化祭で、部活動報告のパネル展示をしなきゃならないんです。仕方ないでしょう」

「そもそもさ、部活動全員参加って校則がおかしいんだよ。個人の自由はどうなってるんだよ。参加しない自由だって必要だと思うんだけど？」

「それで内申書が書けるなら、強制もしないでしょうが……ほら、文句ばかり垂れてないで、展示内容考えてください」

日差しのせいで熱くさえ感じる、黒い耐火性の実験台。陽介の前で頬杖をついていた月也は、ちらりと左腕の時計を確認する。十時四十八分。

「そもそもさ、桂さん」

学校に対する抗議と同じ口調で陽介は文句を続けた。

「活動報告っていうのは春からの、あるいは前年度からの継続によるものじゃないの。なんで今、直前の夏休みにテーマ決めなんだよ。だいたいさ、科学部ってこれまで何も展示してなかったような気がするんだけど。おれ、去年の文化祭来てるけど、桂さんなんか展示してたっけ？」

「それは……去年はぼく一人だけだったから、先生の目を誤魔化せたんです。でも今年からは日下くんがいるでしょう？　部員が増えたのに何もしないわけにはいきませんからね。今日まで何もしてこなかった分、夏休みはほぼ連日活動日決定だと思ってください」

「入る部間違えたぁ！」

下敷きをひらめかせながら、陽介は丸椅子をくるりと回転させる。寝癖とは無縁そうにさらさらと流れる、きっちりと毛先の整えられた黒髪。生真面目そうな眼鏡。黙っていれば規律正しく、年長者を敬い、自然に敬語を使いそうな容姿だ。

実際、月也の知る「日下」の父はそうだ。

いつでも人好きのする笑顔で、物腰おだやかに接している。それは先祖代々に及ぶ気質らしい。少なくとも、この町の住民が当たり前のように「困り事なら日下を頼れ」などと口にするくらいには、日下本家は信用を継承している。

その、次代「日下」が、コレだ。

先輩である月也に対しても敬語など使わない。とても、彼に困り事を相談したいとは思えない、大袈裟なまでの軽薄さがあった。

政治的に支配する「桂」としては、日下とは、あえて強い関係を築こうとはしていないようだ。日下のことは、ちょっとした不満を解消する、ガス抜き的存在として捉えているようでもある。

そのために、月也は陽介を紹介されたことがない。科学部で出会ったのはおそらく偶然で、陽介――日下の側も、積極的に桂と関係しようとは考えていないらしい。だからといって敵対関係にあるわけでもなく、普通の人間関係の範囲に収まる程度だ。

（……なんか、不自然さはあるけどな）

政治的にしろ、相談役にしろ、町の人に頼られる立場である以上、普通であってもどうしようもなく微妙さは生まれるのだろう。桂の父が日下について話題にする時、不自然な緊張を孕む理由を、月也は今のところ、その程度に捉えていた。

それでも陽介について、コネや脅迫のネタにできる情報がないか調べてみて分かったのは、成績は標準偏差の見本のような当たり障りのなさで、クラスでは特定のグループに属しているわけではないということだ。

宿題をよく忘れるようで、職員室に呼び出される頻度も高かった。それほどまでに宿題をやりたくないのならクラスメイトから借りて写せばいいものを、と月也は思うけれど。どうも陽介は「呼び出しを食らう」ことを目標としている節がある。

要するに、悪ぶりたいだけなのだ。

青臭い思春期。月也からすれば「馬鹿」の一言の評価しかない。

「でもさ、桂さん。毎日部活に駆り出されたら、おれ、きっと宿題が間に合わないんだけど？」

「……何か問題があるんですか？」

いつも忘れているだろう、とはさすがに言えなかった。本人のあずかり知らぬところで調べられていると気付かれたら、いらぬ疑惑を与えかねない。こちらに落ち度があり、逆に強請《ゆす》られるような事態は避けておきたかった。

「んー、問題はないけどさ。でも、おれも一応、首都圏に進学希望だし」

「その言い方だと、まるでぼくも首都圏に進学するみたいに聞こえますけど。日下くんはぼくの進路希望なんて知ってましたっけ？」

「知らないけど、桂さんって学年首席なんでしょ？　なんか首都圏に出て行きそうだなって思って。そんな人と夏休み過ごせるならさ、特別講師として利用した方が有益じゃん。もしかしたら、その方が、科学部のテーマも浮かぶかもしれないし？」

「なるほど。それで、下敷きなんて持参してたんですね」

月也は深く息を吐き出した。

授業のない夏休みの部活動。これまでろくに活動もせず、思い思いに本を読んだり、スマホをいじったりしてきただけなのに、何故、陽介は筆記用具を持参してきたのか。

真面目に活動するつもりなどないことは、これまでの態度が保証している。陽介は始めから、宿題を持ち出すつもりだったのだ。

もしかしたら、ただの「馬鹿」ではないのかもしれない。

陽介に対する評価を改めながら、月也は手の甲で額の汗を拭った。

「何から片付けますか？」

「英語」

眼鏡の奥の目をきらめかせて、彼はさっそくデイパックからプリントの束と、英和辞典を取り出す。英語担当教員が気まぐれに見繕った短編を、まるまる翻訳させるのが、この高校の慣例となった夏休みならびに冬休みの宿題だ。

「なるべく早く済ませましょう」

もう一度ため息をつき、月也は腕時計に目を向ける。十時五十八分。

――三十分後。

十一時二十七分を確認した月也は、思わず実験台を叩きつけた。

「お前、この程度の文法も覚えてねぇのかよ！」

「仕方ないでしょう。僕は先輩と違って秀才じゃないんですから！」

「………」

「………」

それは、なんら特別なやり取りではなかった。実験室にこもる熱気と、湿度と、陽介の出来の悪さにイライラして思わず発した言葉に過ぎなかった。陽介もまた、それに反応して返しただけの、何気ない言葉に過ぎなかったはずだ。

そこに違和感があった。

そして、同時に腑に落ちたのだ。

（「日下」が嫌だったのか）

風習のようにこの町に染み付いた、相談役としての「日下」。性格が遺伝するという眉《まゆ》唾《つば》めいた生物学によって、相談役が受け継がれたというわけではないだろう。論理的に考えるなら、農地面積の関係で自然と取りまとめ役となっていることが要因に違いない。しかしながらその信頼を、代々維持してきたのは「家」の力だと言える。

丁寧な言葉遣いとやわらかな物腰で、相手に寄り添うことを是《ぜ》とする、日下の教え。

陽介は、そこから逃げ出そうとしている。

けれど、不良になりきることもできない。中途半端。それでも足掻《あが》こうとした結果「おれ」という「日下陽介」を作り出したのだろう。

今までの日下とは違うと主張し、他人のイメージを否定するために――

「……お前も、同じだったんだ」

月也は呟いて、くしゃりと笑った。黒い実験台の向こうで、陽介も眉間と鼻にしわを寄せて、泣きそうなのに笑顔を作る。そうして、こくん、と幼い子どものように頷いた。

「先輩も。『家』が嫌いだったんですね」

「ああ」

月也も頷いて、父親と同じ質感のくるくるとした黒髪を人差し指の先に絡み付けた。この髪と、切れ長といえば聞こえのいい目元は、否応なく相手に悪魔的な、キツイ印象を与える。桂の父はそれを武器として活用し、尊大に、冷徹な態度で接していた。

月也はそれが、大嫌いだった。

だから、外見とは違う内面を作ろうとした。

他人が抱くイメージ通りにならないために。桂家らしくないように。少しでも遺伝——桂の「血」から逃れられるように。そんな、ささやかな願望を抱いて。

誰のものでもない「自分」だけでも守りたくて、「ぼく」という桂月也を作り上げてきたけれど。それを自然体の自分だと思うくらいには、「ぼく」という自分にも慣れ親しんできたけれど。

（結局「本質」は違うのか……）

陽介のせいで気付いてしまった。いや、気付かされた。同じように「家」を嫌い、家から自分を守ろうとしている人を目の前にしてしまったから、見せつけられてしまった。

「……日下。俺はただの、科学部のお前の先輩だから。ここにいる間くらい、家柄なんて忘れちまえよ」

「そうですね。正直もう、疲れてたんです。何が本当の自分なのか分からなくって。日下らしいのは嫌なのに、『おれ』も本当の自分じゃない気がして……だから。先輩がただの先輩に過ぎないなら、僕も、ただの後輩になります。せめて、この部屋の中だけでも」

どこかほっとしたように苦笑して、陽介は汗で落ちた眼鏡の位置を直した。

月也は腕時計を見た。十一時四十二分。

消防のサイレンが鳴り響いた。

「またですね。七月に入ってからこれで五件目じゃないですか？」

「……ああ」

「そういえば。二件目は先輩の家でしたよね。縁側を少し焼いただけでしたっけ。残念でしたね大事に至らなくて」

「まったくな」

「一件目の空き家は全焼で。この町らしく放置されて久しい家だったせいかポイ捨てされたゴミだらけで。でも、タバコの吸い殻なんかはなかったらしいって、消防団の父が言ってましたけど」

英語のプリントの隙間に、陽介は何を思ったのか、これまでの「火事」についてまとめ始めた。

二件目は、桂邸。これの火元ははっきりしている。縁側に置かれた朝顔の鉢だ。そこに給水用に設置されたペットボトルが収斂火災《しゅうれんかさい》を起こした。

三件目は、御堂《みどう》邸。納屋の脇に集められていた資源ゴミ。その中の新聞紙が発火したことは分かっている。ただし、何によって火が付いたのかは調査中。

四件目は、日向《ひなた》邸。この家もまた、納屋に積んでいた資源ゴミから発火した。同じく、出火原因は調査中。

そして今日、五件目。

「町では連続放火事件なんて噂してますけど。こうしてみると、桂先輩の家だけはなんかズレてますね。火元もはっきりしてますし」

「じゃあ、うちの件はただの事故ってことなんじゃね？」

「そうでしょうか」

「……どういう意味だよ」

「いえ、意味はないんです。ただ、なんでしょうね。もし桂家のボヤ騒ぎも含めて連続放火事件だとしたら、放火魔の目的が分かるような気がするんです」

「……………」

「目的は分かりますが……四件目の日向さんちについてだけは、僕は少し怒ってます」

「また、なんで？」

「本当の孫みたいに接してもらっていたので」

眼鏡の奥の睫毛を震わせて、陽介は少しばかり眉を曇らせた。その手が握るペン先は、グルグルと、満月にも太陽にも見える円を描いている。

「日向夫妻には一人だけ、望《のぞみ》さんって娘さんがいたんです。よくアルバムを見せてくれたんですけど、ほとんどが千葉のテーマパークで撮られたもので」

プリントの隅を飾る円が三つの組み合わせになった。それだけでも「ソレ」と分かるネズミのキャラクターに、陽介は微かに笑った。

「丸い耳が自分と同じでチャーミングだからって、お気に入りだったんだそうです。だから、フロリダに渡ってキャストになることが夢だったって」

「……こんな田舎から」

「そ、こんな田舎から」

思わず口からこぼれてしまった言葉に、月也と陽介は同時にため息をついた。その中に微かに滲んだものは「羨望」かもしれない。

一人娘を渡米させることに、日向夫妻は好意的だった。

「僕らの親世代ってことを考えると、先進的と言えるかもしれませんね。だから僕も、日向家へのお遣いは、悪い気がしなかったのかもしれません。そこにいつも、寂しさがつきまとっていたとしても」

「お前の口ぶりからするに、日向望は、もう……」

「ええ。十七年前にはもう、亡くなってしまったんです。渡米するよりも大切な未来として選んだ、母になるタイミングで。出産のタイミングで……だから。日向夫妻は初孫まで同時に亡くしてしまったんです」

それで、もし孫が生きていたならと、同じ年ごろの陽介を可愛く思っていたわけだ。月也は何を思えばいいのか分からず、ただ、気のない相槌を返した。

「つっても。日下と日向の家ってそんな近くねぇよな」

「ええ。ただ、境遇のせいか父が妙に気に掛けていて。採れたての野菜とかを持って行かされたんです。だから、知らない仲ではないので、日向家の件に対しては僕は少し怒ってますから」

「そうですか。他人のために怒れるなんざ、さすが『日下』は違うねぇ」

「……とにかく！　出火時刻は今しがたの五件目も含めて、すべて昼頃で一致してますね。みんな顔見知りみたいなこの町じゃ、不用意に敷地内に入ったら、すぐにバレそうなものなのに。先輩、どう思います？」

「時限装置でもあるって言いたいわけ？」

「可能ですか？」

眼鏡の奥から、陽介がまっすぐに見つめてくる。その意味を計りかねて、月也は思わず目を逸らした。右手から左手に頬杖をつき直す。腕時計の針の音が、やけに耳についた。

「実は全部、収斂火災なんだとしたら」

月也は、やけに乾く唇を舐めた。

「一件目の空き家はゴミだらけで、そこにペットボトルがあっても不自然じゃない。他の納屋の件も同じだ。資源ゴミ置き場が燃えている。水の入ったペットボトルを、寝静まった夜のうちに置いておいて、素知らぬ顔をしていれば、あるいは、今の時期なら偶発的に火災が発生するかもしれねぇな」

「それでずっと、時計を気にしてたんですか？」

「……どういう意味だよ」

陽介はゆっくりと瞬くと、ムカつくくらいに様になる仕草で眼鏡を押し上げた。

「だから、意味はないんですって。でも、なんか変だなって。去年までろくに展示もしてなかったのに、僕がいるってだけで真面目に活動しようとして、夏休みにまで呼び出したり。それなのに、先輩はやけに時間を気にしていて。なんか、妙だなって」

「……それで？」

「それでさっき、サイレンが聞こえた時、先輩笑ったんですよ。だから、もしかしたらって思ったんです。家が——この町が嫌いなら、燃やしてしまえるかもしれないなって」

「なんだよそれ」

月也は顔を支えていない右手で眉間を押さえると、軽く左右に首を振った。思わせぶりな態度で、探偵の真似事を始めたかと思えば。陽介のロジックはあまりにも頼りない。単なる思い付きの羅列にしか聞こえなかった。

「じゃあ何、日下は俺が、お前をアリバイ作りに利用してるって言いたいわけか」

「それは違うんじゃないですか。先輩、自分で時限装置の説明してしまいましたし。それじゃあ、アリバイの意味がなくなるじゃないですか」

「そうだな……」

「だから」

実験台を挟んだ向かいで、陽介は月也と同じように左手で頬杖をつく。反対の右手を——その親指の付け根に残る傷跡を見つめ始めた。

「なんとなく思うんですけど……もし桂さんが、おれと同じなら。『家』のためだけに存在することに嫌気が差していて、でも、どうすることもできなくて。自分が何者なのか、どこにいるのかすらも見失っているんだとしたら」

　人差し指を曲げて、陽介は傷の端っこを爪の先で引っ掻いた。小さな小さな、ミミズのような傷跡。月也は自分にも、同じものがあると思い出し、眉間を押さえていた手を左の脇腹へと移動させた。

「もしかしたら、桂さんは、誰かに見つけてもらいたかったんじゃない？」

「……」

「だったらさ」

　陽介は傷をいじっていた人差し指の先を、まっすぐに月也へと向けた。生意気そうなえくぼを浮かべて。やっぱりどこか、探偵でも気取ったように。

「僕はあなたを見つけましたよ」

　眼鏡に日差しを反射させて、陽介は笑っていた。その眼差しに、月也の中で乱れていた波形――自我とかアイデンティティとか、とにかく「桂月也」を構成するあらゆるもののパルスが、一瞬で整ったのだ。

　だから、告白するのにためらいはなかった。

「そ。俺が連続放火犯。さすがだ名探偵」

「胡散臭い言い方はやめてください。僕は探偵なんかじゃありません。ただほんの少しだけ、あなたの気持ちを知っていただけです」

「じゃあなんで、お前は燃やしたりしないんだよ」

「簡単なことです」

陽介は月也に向けていた人差し指を引っ込める。同じ手の、あの、親指の付け根の傷がよく見えるように月也へと向けた。

「傷付くのは痛いでしょ？」

「……」

「だから僕は傷付けたくないし、傷付きたくない。そんな目に遭うくらいなら、どうにかして逃げ出します」

不安そうに睫毛の先を震わせながら、眼鏡を押し上げる陽介を。

それでも月也は「強い」と思ったのだ。

だから——

（——いつかまた、波形が乱れたら。堕ちたら。お前に見つけられたいんだよ日下）

たとえそれが、完全犯罪を成し得た後だったとしても。自分の死の後だったとしても。

「桂月也が何を想い何をしたのか」を、陽介だけには見つけてもらいたい。分かってもらいたい。今ではそんな、「完全」とは矛盾した望みも抱いている。

それは、日下陽介が「名探偵」だったせいだ。

（悔しいけど眩しいんだよなぁ）

ふと、月也が目を開けると。思ったほど眩しさのない、日の出前の薄暗さの中、ソファを背もたれにして座る後頭部がすぐそこにあった。どうやら寝ているらしい。規則的な呼吸が聞こえる。

「…………」

いつの間にか掛けられていた毛布から手を出し、月也はさらさらとした後ろ髪を人差し指にからめる。そうして、思い切り引っ張った。

「どこで寝てんだよ馬鹿か！」

「先輩がッ」

呻き声のあとに叫んだ陽介はずり落ちた眼鏡をかけ直す。月也の方を向くことなく、ソファに背中を預けたまま膝を抱えた。

「先輩がさみしそうだったから。仕方なく我が身を犠牲にして側にいてやったんじゃないですか。それなのにこの仕打ちですか！」

「意味分かんねぇし」

「どうせまた、子どもの頃の夢でも見たんでしょう？」

「……なんで分かるんだよ」

「僕だから」

くすくすと陽介が笑う。ちっとも論理的ではないのに、妙に勘の鋭い同居人のつむじを月也は睨んだ。

「でも、本当、怖い話ですよね。初めて傷を見てしまった時は驚きましたよ。『桂』はそこまでするのかって」

「桂っていうか、母さんだな。俺のせいで完全にイカレちまってるから」

毛布の上から月也は左脇腹を撫でる。陽介にこの傷を知られたのは、ルームシェアを始めた後だ。シャンプーが切れたと不用心に呼び出したせいで、見られることになってしまった。隠すことでもないからと、ウジ虫の話を聞かせてやった。

「それなのに、日下くんときたら。無神経にも家庭菜園なんて始めたんですよね」

「あー……虫嫌いってそういうことか。それはさすがに、おれも浅はかだったな」

「反省の意思があるなら、日下くん。少しだけ右手を貸してくれませんか？」

「おれなんかの手でよければ。どうぞ」

少しだけ上体を捻り、反対に顔はそっぽを向いて、陽介は右手を差し出してくる。その手首を左手でつかまえ、月也はじっと、親指の付け根の傷を見つめた。

白く、皮膚が突っ張ったようになって残る痕。五センチメートルほどだろうか。まっすぐに切り裂かれたことが分かる。

その痕を右手の親指でなぞってみると。身をよじるように陽介は笑った。

「くすぐったいんですけど」

「痛くはねぇの？」

「痛いとは思いませんね。たまに、不自然に気になることはありますけど。だいぶ古い傷ですから……先輩は、まだ痛むんですか？」

「俺のは蟲が棲んでるから」

「非科学的ですね」

「そうだな」

ほんのわずか苦笑して、月也は陽介の手を離した。途端に、両方の手のひらが涼しくなる。人は温度を持っているのだと、当たり前のことを実感した。

(手をつないだこともなかったな)

空っぽになった両手のひらを見つめ、父と母を思い出す。差し伸べられたことなどなかったし、こちらから伸ばしたこともなかった、と。

(殺せた時には握手くらいしておくかな)

冥途の土産に別れの握手を。死んだばかりなら、その手もまだ、ぬくもりを持っているだろう。最初で最期の親子のつながりを妄想して、月也はふっと笑った。

「また、ろくでもないことを考えてますね？」

そっぽを向いていたはずの顔に睨まれ、月也はむっと口を尖らせた。

「なんだって、今日は眼鏡が曇ってねぇんだよ」

「いつも曇ってませんから。どうぞ」

再び、陽介が右手を差し出してくる。その手のひらを見つめて、月也は意味が分からないと瞬きで示した。

「本当は、誰かと手をつなぎたいんでしょう？」

「………」

「ここには僕しかいませんから。特別に貸してあげます。だからもう、そんな風に死にたそうな顔をするのはやめてくれませんか」

「……俺は別に」

「先輩。先輩はもう独りぼっちじゃないんですよ。放火魔の夏に僕に見つかったんですから。どうぞ」

「………」

言われるままに手をつなぐのは癪《しゃく》だった。だから、腕相撲でもする勢いで月也は左手でつかむ。めいっぱいに握力をこめてやろうとして、できずに目を閉じた。

「寝る」

「子守歌はいりますか？」

「いらねぇし。だいたいお前、絶望的なまでの音痴じゃねぇか。あまりにひどくて、文化祭の模擬店で笑い取るレベルだっただろう？」

「あれ、よく知ってますね。うちのクラスが歌声喫茶やってたこと。先輩、あの日は自主休校って言ってたはずですけど」

「………」

「へぇ……あの町のわらべ唄も、僕が本気で歌えば笑えますかねぇ？」

「笑いの蟲に殺されるのは御免だ。もういい。黙ってろ」

「はいはい」

声はすっかり呆れている。その顔も、同じように呆れているのだろうか。目を閉じてしまった月也には分からない。分からないけれど、左手に伝わってくる温度は、とてもやさしいものに感じられた。

だからこそ、いっそう強く願う。

いつの日か、堕ちたその時には。

(お前の言葉と理屈のないロジックで、俺を見つけ出してくれよ。陽介)

あの夏の、名探偵のように。

＊ブルーブラッド［blue blood］貴族（の血統）

第7話　あたしと私のスクイーズドオレンジ

テレビには、ビニール傘の背中が映し出されている。十一日に関東でも梅雨入りが発表された影響だろう。けれど、この雨はきっと、マスコミなりの演出に違いなかった。

透明な傘の下に背負われた、青年の身長の半分以上あるケース。その特徴的な形から、ギターが入っているのは明白だ。その、印象的な背中と、雨と——ライブハウスも「接待を伴う飲食店」扱いとなった事実。画は確実に、新型感染症がもたらす憂鬱さを訴えることに成功している。

そんな、作り物感を拭いきれない夕方のニュースの中で。

ギターを背負うその背中は、「夢を奪われた」と嘆いている。ライブハウスは休業どころか店じまいを決め、演奏する場所を失った。地下アイドル達も軒並み解散している。その背中が結成しているグループも危機的状況らしい。

『でも！　感染症なんかに負けたく——』

マスコミの狙い通りとしか思えない熱い決意表明が途切れたのは、月也がテレビを消したからだった。彼が座る定位置、ソファの右側から距離を取り、左端のひじ掛けに座っていた陽介は、リモコンの電源ボタンを押す指先をなんともなしに見つめた。

「今の人、僕らと同年代ぽかったですね」

「……………」

「……先輩も、昔はバンドマンに憧れてたんでしたっけ」

「ねぇから。日下は、本気で先生目指してんの？」

月也は陽介との間にリモコンを放り投げる。ソファのスプリングにわずかに弾んだリモコンは、ボタンの側を下にして留まった。

「僕が家庭科教員を目指したのは」

ひじ掛けから腰を離し、陽介は床に座り直す。右脚は伸ばし、左膝だけを抱え込んだ。

「料理に関心があることを除けば、まあ、洗脳目的ですね。家庭科——食を通して子どものうちに農業に対する興味を植え付ける。そうしていずれは一般企業に就職するのと同じくらいの選択肢として『農家』を選択してもらう。そうすれば……」

「将来的には『日下』を終わらせられるって寸法か」

「そういう算段でいたつもりなんですけどね」

陽介は深く息を吐き出すと、膝を抱える両手に力をこめた。一度、頭に浮かんだ言葉を声まで持っていこうとしたけれど。発する前にふわりと消えてしまう。仕方なく、陽介は唇を咥えこんだ。

このまま、こちらで教員免許を取得して。就職して。あの町には二度と戻らないつもりでいた。いちいち決意を確かめるまでもなく、自分はそういう行動を取っていると思い込んでいた。

キャンパスに行けば尚更だ。あそこには、あの町の空気など存在しない。

修学旅行でしか行ったことのない西日本の学生がいる。それよりもはるか南の学生がいる。海外の学生がいる。もちろん、同じ東北地方の学生もいるけれど、農家とは限らない。キャンパス、さらには教育学部棟そのものは限られた狭いものでしかないとしても。そこに集まる人々は、それぞれが抱く思想は、陽介にはどれも広いものに思えた。

それが、今は。

同郷の月也と二人きり。

理系探偵なんてものを始めてみたりして、ネットワークを通してとはいえ、外部とのつながりを維持してはいるけれど。暇潰しと小遣い稼ぎにはなるけれど、キャンパスほどの解放感はない。

(あー、駄目だ。思ったよりダメージ受けてるな……)

陽介は抱えていた膝に額を押し当てた。

先日の依頼の中で気付かされてしまったこと。あの町を棄て、教員として生き、次の世代に丸投げしようとしていた「地」を、自分は棄て切れていなかった。実家が無条件に信じている通りに、陽介もまた無自覚に「日下家の長男」のままだったのだ。

だから。今でもまだ、「相続放棄」という言葉が実体を伴わない。

「……先輩は『桂』を継ぐんですよね」

卒業後、月也は桂議員の秘書となることが決まっている。こうして、首都圏の大学に進学してきたのは、やはりステイタスのためで。曰く、人脈作りのためというホラで「家」を納得させてきたという。

本音は、せめてもの執行猶予。桂とは関係のない「月也」として生きることのできる、残り僅か二年のエアポケット。

そして、完全犯罪を考えるための、自由な思考時間――

「どうして受け入れていられるんですか？」

「別に、受け入れてるわけじゃねぇけど」

「でも。継ぐんでしょう？」

「継ぐっていうかなぁ。俺の目的は一族の抹殺にあるわけじゃん？」

「フランクに言われても困るんですけど」

膝に頭を付けたまま、陽介は顔だけを月也へと向ける。目が合うと、月也はケラケラと笑った。

「殺すには側にいなきゃならねぇから。遠隔地から殺害できるような超能力でもあれば、継ぐまでもなく今すぐやってるし。完全犯罪の妙案が浮かべば、やっぱりすぐにでもやってやるんだけどな。それがねぇから、仕方ないから継いでやるんだよ」

「……馬鹿」

呟いて、陽介は目を伏せた。そのままずるずると床に寝転がる。もうそろそろ夕飯の準備を始めなければならない時間だけれど、動きたい気分ではなかった。気配で、月也が足をソファに上げたのが分かった。

「具合でも悪ぃの？」

「機嫌はいいとは言えませんね。桂さんをぶん殴りたいくらいには」

「……ぼくが夕飯を作りましょうか？」

「できんの？」

「これでも一応、一年は一人暮らししてたんだよ。まあ、大学の先輩にたかったり、バイト先のまかないで食いつないでたけど」

「これが地元じゃ有力者なんですからねぇ」

ため息に嫌みをこめて陽介は上体を起こす。眼鏡の位置を直してから立ち上がると、両腕を高く伸ばした。無理矢理にでも気分を変えようと、わざと声の調子を軽くする。

「先輩。夕飯のリクエストありますか？」

「インスタントラーメン」

背後で即答する声は拗ねている。陽介は小さく笑うとペタペタとキッチンに向かった。

この家にスリッパなどという洒落たものはないのだ。

「ストックがちょうど味噌ですから。野菜炒めとゆでたまご載せて、少しボリューム出しますね」

「シェフのお気に召すままに！」

大袈裟な返事のあとに複数の笑い声が起きる。どうやら月也はテレビをつけたらしい。

キッチンの陽介からは内容までは分からなかったが、感染症に夢を奪われた哀れな青年はいなくなったようだ。

（夢か……）

ニンジンを切りながら陽介は苦笑する。

本当の夢は当然ながら、家庭科教員などではない。それは、あの町――農家の長男としての宿命から逃れるための方便だ。たぶん今、はっきりと「夢」と言えるものがあるとしたら……陽介は思い付いて、調理台下の引き出しを開ける。

そこにはクッキーの抜き型をはじめとした、お菓子作りの道具が収められていた。ほんの三か月ほど前までは、気まぐれに焼き菓子などを作っていたけれど。ステイホームが強調され、普段は菓子作りなどしない家庭まで興味を向けるようになったために、小麦粉の入手が困難になった。それ以来すっかりご無沙汰だ。

抜き型の中から星を選ぶ。インスタントラーメンに星の形をしたニンジンが載っていたら、月也はどう思うだろうか。まず、子どものようにはしゃぐなどということはないだろうけれど。

(家族って、僕は何になればいいんだろう?)

型抜きしたニンジンを小皿に並べ、少量の水を振りラップをかける。炒めている最中に形が崩れてしまわないように、星型ニンジンだけは電子レンジで加熱する。

(家事全般担当してるからって、母親ってのは嫌だしなぁ)

切れ端のニンジンと、冷蔵庫の有り合わせの野菜をフライパンに放り込む。豚肉は解凍していなかったので、今日の夕飯は肉抜きだ。そうでなくともカロリー計算的には問題だらけの食事が続いている。だから二人とも、やせ型を維持しているとも言えた。感染症による運動不足、それによって太る人の話がワイドショーから聞こえてくる割には。

(父親は問題外だし)

手元に集中しなくても調理に不安はない。先に作り始めていたゆでたまごの様子を気にする余裕もある。

むしろ、調理中の方が、陽介の思考は冴えた。

(「父殺し」に失敗してるのは僕も同じか)

ギリシャ神話『オイディプス王』の物語をもとにして、フロイトによって名付けられたエディプス・コンプレックス。母親を自分のものにしたいなどという欲求はないし、現代社会も「父殺し」にその意味を求めてはいないだろう。

父を殺す――越えていく、成長過程における通過儀礼。精神的な父の殺害。あるいは、少しばかり解釈を広げれば、過去や古い体制からの脱却。

どちらにせよ、陽介も月也も「父」を殺し切ることができていない。だから、歪んでいる、という自覚はある。

(だからって、リアルに殺せばいいって問題でもないだろうに)

フライパンの野菜が微かに昇らせる湯気を、陽介はため息で吹き飛ばす。月也は陽介以上に歪んでいる。それを少しでも変えたいと願うのは、自分が変わりたいという身勝手に過ぎないのかもしれない。

変わることができれば、変えることができれば。

左右非対称の、三日月の笑みに傷付かなくて済むようになるかもしれない……。

(ほんと、おれってわがままだな)

桂月也は、放火魔の夏、自分を見つけてくれた人だから。もしあの時、抱え込んでいた問題を月也と共有できていなかったら。火を放ち、家を、町を、燃やしていたのは陽介かもしれなかった。

あの時。連続放火犯であることを告白して笑った、月也の暗い目がなかったら。

「傷付くのは痛い」という当たり前のことを忘れたままだっただろう。そう、だから。

あの夏は「ゼロ」だった。

陽介は限りなくマイナスに近いプラスの側にいて、月也は限りなくプラスに近いマイナスの側にいた。あるいは、月也は陽介にとっての「未来」だった。

(恩人なんだよな)

堕ちる前に堕ちていた人。陽介に、堕ちたらどうなるかを見せつけてきた人。その人を救いたいと思うのは、自己満足で、エゴだ。もう二度と堕ちてほしくない。

傷付きたくない。自分が。

そのために月也に必要なものは「家族」なのだと、陽介は考えている。当たり前に与えられるはずだった家族が、愛情が、欠落してしまったせいで歪んでいるのだから。

(僕がなるとしたら、やっぱり兄弟が妥当なんだろうけど)

ゆでたまごの殻を剥きながら、陽介は眉を寄せる。月也に欠けている「家族」を補うとして、どの役なら成り立つのか。

「……………」

出来上がった味噌ラーメンを運ぶと、テレビは再び消えていた。ニュースは同じ話題を繰り返すから、また、あのギターの背中でも現れたのかもしれない。

考え事にとらわれる陽介は、無言のままに月也の前にどんぶりと箸を並べる。お盆などないから一度に一人前しか運べない。自分のどんぶりをスープをこぼさないように運び、テーブルについた陽介は、野菜炒めの中で最も主張しているもやしをつまんだ。

「いただきます」

ソファを下り、床の上に胡坐をかいた月也が小声で両手を合わせる。その箸が星の形のニンジンを持ち上げたところで。

「……兄さんって呼んでもいいですか？」

「は？」

月也の箸の先から、星型ニンジンがスープの中へと転がり落ちた。

「桂さんのこと。ここはもう科学部じゃないですし。どうせルームシェアしている間だけの作り物の関係性なら、兄さんって呼んでもいいですか？」

「ああ……」

腑に落ちたように頷き、月也はスープの中から星型ニンジンをすくい上げた。少しばかり同情するような視線を向けてから、口の中に放り込む。

「お前、長男だもんな」

「へ？」

「日下家の長男。農家の長兄。だからこそ余計なもんを背負わされてる。あの町は古いからな、兄こそ偉いと勘違いしてやがる。お前、次男になりたかったんだな」

「……」

陽介はうつむいた。ラーメンの湯気に眼鏡が曇る。それを好都合と、陽介は目を見開いた。きっと月也には、曇った眼鏡のせいで、戸惑う瞳は見えないだろう。

（僕は、弟になりたかった？）

そうなのかもしれない。兄に全てを押し付けて、気楽に生きる弟に。実際陽介にいるのは弟ではなく妹だ。自由に夢を語り、気ままに生きる彼女はあまりに腹立たしく、陽介はなるべく存在を忘れている。

（結局全部、自分のためか）

陽介は苦笑し麺をすすった。もう少し黒コショウを利かせた方がよかったかもしれないと思いながら眼鏡を外す。シャツの裾で湯気を拭ってかけ直した。

「兄さんって呼んでもいいですか？」

「俺はなんて呼べばいい？」

「お好きなように。呼び捨てでも、陽ちゃんでも」

「陽ちゃんはねぇだろ！」

ゲラゲラと笑い、月也は新たに星型のニンジンをつまむ。それを半分に切ったゆでたまごの上に大事そうにのせると、もやしメインの野菜炒めを豪快に口へと運んだ。飲み込んでから月也は立ち上がる。

「俺には過ぎた弟だな……陽介も水いる？」

「あ、お願いします。月也兄さん」

初めての呼び方に月也は口をへの字に曲げる。照れくささを隠すように頭を掻き乱しながらキッチンへと向かった。その背中から目を逸らし、陽介は箸を持たない左手で眉間を押さえる。

（これでいいのか？）

果たして月也は「弟」のために踏み止まってくれるだろうか。疑似家族計画をまた一歩進めたはずなのに、どうにも納得できない。

たぶんそれは、分かっているからだ。気付かないふりをしている「正解」が、お前はその程度の存在にしかなれないと、嘲笑うからだ。

本当に必要なのは――「親子」だ。

家族を構成する核となる要素。分かっている。陽介には絶対に作ることのできない、不可能な現実だ。天地がひっくり返っても、オスである陽介は、月也を「父親」にすることはできない。

家族を作ること自体は簡単なのに、ただ一つの、そしてあまりにも絶対的な性別という壁のせいで、ニセモノの家族しか作れないのだ。

「……………」

絶望的な気持ちをため息にして吐き出すと。テーブルの角で充電中だったスマホが振動した。直後点《とも》ったお知らせランプの色は赤。依頼だ。

「兄さん。依頼来ましたけど？」

「食ってからでいいんじゃね？」

マグカップをテーブルに置いた月也は、ズルズルと麺をすすり始めた。伸びても不味くなるだけだ。陽介も夕飯を優先する。

片づけを終え、食後の紅茶を準備してから、二人は依頼に向き合った。

【ニックネーム　ボーカル少女さん】
メールめんどい。ライブ相談機能使ってよ。あたし、これから暇だから。

「礼儀がなってねぇな。こういう奴って、マジで面倒なことあるよな」

「断りますか？」

「いや、暇潰し程度に話くらい聞いてやるけど。ライブ相談？」

「ああ、サイトが提供してくれてる対面機能です。要はテレビ電話ですね。文章でやり取りするよりも簡易に、リアルタイムで打ち合わせできるので、だいたいのユーザーがそちらでのやり取りをしているようです」

「え。じゃあ今まで俺が入力してきた手間ってなんだったんだよ」

「だって。通信量かかるから……」

「あー……」

Wi‐Fi環境などない貧乏住まい。陽介も月也もスマホで使用できるギガは最低の、格安プランで済ませている。

それでも、外出が制限されるまでは、ちょっと出掛ければ無料Wi‐Fiがあった。それで事足りていたのだ。

「ご近所さんの回線拝借する？」

なんら悪びれた様子もなく首をかしげ、月也は自身のスマホを手にした。日中はだいたいソファの溝にはまっていて、存在感のないそれにどんなアプリが入っているのか、陽介は知らない。けれど、今の口調からは、前科の気配があった。

「僕がいない一年、どんな生活してたんですか？」

「清く正しく健全に生きてましたよ。当然じゃないですか。不用意に警察のご厄介になったら、完全犯罪プランができた時に障害になるかもしれねぇんだから」

陽介は頭を抱える。熱い紅茶で気持ちを落ち着かせると、ボーカル少女に向けて短くメールを返した。正直に、通信制限されると困るから、サウンドオンリーでしか応じられない、と。それでも負担があるから、できるだけメールだけにしてくれると助かる、と。

ボーカル少女は音声のみの打ち合わせも渋った。どうやら「探偵」をリアルで見てみたかったようだ。

最終的に、「声から想像できる私の姿に想いを馳せてほしい。ボーカル少女を名乗る君なら、『声』の重要性が分かるだろう?」という月也の助言——メール文に依頼人は折れた。

「さすが兄さん。人心掌握はお手のものですね」

「うるせぇ」

月也が唇を尖らせ紅茶をすすった時だ。「スキル∞むすび」アプリ内に組み込まれたライブ通信が、ボーカル少女からの着信を告げた。

陽介は月也に目配せする。月也は少しばかり億劫そうに紅茶を一口飲んでから、通話ボタンをタップした。テーブルに置いたままのスマホに向けて苦笑しながら、

「どうも初めまして。理系探偵です」

『わ!　いい低音してるね。あと、思ったより若そう?』

ボーカル少女の方は文面から感じられた通り、女子高生を想起させる甲高い声だ。ボーカルといってもアマチュアで、プロのレッスンを受けているわけではなさそうだった。

「雑談はほどほどにして、さっそく依頼内容に入ってもらいたいのですが。どういった困りごとでしょうか?」

『あー。どうもさ、お姉ちゃんが自粛警察みたいなんだよねぇ』

月也の視線が陽介に向く。陽介は眉を寄せることで応えた。これは、理系探偵の事件の域を超えるかもしれない。

「念のための確認ですが。自粛警察というのは、感染症問題の中で発生している、正義を自称した迷惑行為のことでよろしいですか?」

気を付けて開店している飲食店、あるいはリモート飲み会をしている居酒屋に対して、脅迫めいた張り紙をしたり、扉に落書きをしたり。中には、鍵穴に接着剤を流し込まれたという話や、窓ガラスを割られたなどという例もある。

行為は店舗に対してだけにはとどまらない。マスクをせず公園を歩いていたというだけで絡まれたという事案も発生している。

そういった、自粛にかこつけ正義を振りかざし、警察を気取る行為――ボーカル少女の姉が、本当にそれを行っているのだとしたら。

「申し訳ありませんが。それはぼくらの手には余る話ではないでしょうか。事が大きくなる前に正規の警察に相談した方が……」

『それこそ大問題だから。もしお姉ちゃんが犯人だってバレたら、あたし達も歌わせてもらえなくなるじゃん』

「どういう意味でしょう？」

『分かんないの？　お姉ちゃんったらね、ライブハウスに張り紙貼ったんだよ。こんな状況でも開店してくれてたのに、迷惑だって。安全を考えて休業してろって。ねぇ、ひどくない？　あたし達どこで歌えばいいっていうのよ』

感情的に語るボーカル少女からもたらされる情報は、自分勝手で一方的だ。けれど、それでもだいたいの状況、彼女が抱える問題を把握することはできた。

ボーカル少女というニックネームの通り、彼女はバンドを結成しているのだろう。そして、近所のライブハウスで演奏を披露していた。

そこに発生する新型感染症。

ニュースでやっていたように、音楽を夢にしていた彼女は居場所を奪われる。それも、よりにもよって身内の仕業で……いや。

「あなたは、どうしてそれをお姉さんの仕業だと断言できるんですか。店舗への張り紙など、誰にだって可能でしょう。お姉さんを犯人だと断罪する以上、あなたはその証拠、あるいはその目で目撃した等、確たるものがあるんですね？」

『ないけど……』

「ない？」

月也の目が鋭く細められる。もし、サウンドオンリーでなかったのなら、依頼人の少女は震え上がったのではないかと思うほどに。

「ではあなたは、身内を犯人に仕立て上げたいほどの恨みを抱いていると？」

『え。そういうわけじゃないけど……でも！　お姉ちゃんってば、バンドのこと嫌がってたし。いっつも抜けたいって言ってたから。だから』

「だから、脅迫や威力業務妨害も辞さないと。お姉さんというのは随分と短絡的な思考の持ち主なんですね。自身のわがままを通すためなら平気で第三者に害を――」

「兄さん」

お前が言うな、という思いを乗せて陽介は月也の左肩に手を置いた。月也は小さく舌打ちすると、ソファの上に引っ込む。涅槃像《ねはんぞう》のように右手で頭を支えて寝転がった。

『え。もう一人いるの？』

「兄弟でやってるから。とはいえ、おれは助手みたいなものだけど。ボーカル少女さんの言いたいことは分かったよ。自分の夢を応援してくれないお姉さんに腹が立ってただけなんだよね。それでつい、犯人にしたくなっただけなんじゃない？」

『でもなぁ。張り紙見つかった日、お姉ちゃん一人で先に出掛けてたし。アリバイないんだよ。怪しくない？』

「君は信じたくないの？　お姉さんが犯人であってほしいの？」

『それは……』

「まずは信じてあげたらどうかな。きっと君も、お姉さんも、こんな状況で不安定になっているだけだと思うから。愚痴なら、また、五百円で聞くからさ」

陽介が軽く笑うと、スマホの向こうでも小さな笑い声が上がった。

『そだね。お姉ちゃんもライブハウスのおばちゃんとは仲良かったし……でもさ、これって探偵の仕事じゃなくない？』

「君の心を軽くできたなら、おれは充分だと思うけど。不満かな？」

『ううん！』

じゃあ、とあっさりとボーカル少女はライブ通信を終わらせた。陽介は通信使用量を確かめてから、充電器につなげる。月也が涅槃像となってしまったためソファのひじ掛けにも座れず、床に胡坐をかいたまま、ソファへと寄り掛かった。

「手応えなかったですね。兄さん的には不満ですか?」

「別に。ただ……」

月也は長い睫毛で目元に陰を作ると、陽介から視線を逸らす。充電中のランプを灯すスマホを捉えて短く息を吐き出した。

「なんで止めた?」

「当然でしょう?」

それ以上答えずに陽介は胡坐を崩す。左膝だけを立て、そこを台に頬杖をついた。

あそこで止めなければ、月也はボーカル少女の心を揺さぶっただろう。負の方へと、徹底的に。芽生えたばかりの憎しみを、不安を、摘み取るのではなく育てるように。

必要以上の言葉を向け、楢原に強く罪悪感を植え付けたように――

(だからライブ通信は嫌だったのに)

本人には伝えなかったけれど。陽介にとっては通信量よりも、月也のこの性質の方が問題だった。「桂」に対する恨みが、人間すべてを否定するまでに拗れている。救うチャンスよりも堕とすチャンスに敏感で、みんな壊れてしまえと思っている。

これさえなければその思考は「探偵」として役立てられる。だから、必然的にワンクッション置くことになるメールでのやり取りを選んでいたというのに。

(次の依頼は絶対メールにしよう)

陽介が心に誓った直後だった。

【ニックネーム　ボーカル少女さん】
ボーカル少女の姉です。妹の長風呂の最中に、こっそりスマホを借りてます。もし大丈夫なら、今すぐお話しできませんか?

「……兄さん」

深くため息を吐き出して陽介は月也にスマホを渡した。相手に姿が見えないのをいいことに、寝転がったまま月也はボーカル少女の姉と名乗る人物との通話を始める。

「あなたが、脅迫、もしくは、威力業務妨害の犯人ですか」

『違います!』

ボーカル少女と同じような、それでも彼女よりは落ち着いたソプラノで、姉はきっぱりと否定した。

『あたしは犯人じゃありません。妹なんです。張り紙を貼ったのは。妹が犯人なんです』

「……………」

どういうことだろうか。陽介は月也に向けて首をかしげる。気怠そうにスマホを見ていた月也は、

「ああ、そういうことですか」

ひどくつまらなそうに呟いた。どうやら彼の中では、互いを犯人だと言い合う姉妹の謎は、あっさりと解けてしまったようだ。

「とはいえお姉さん。あなたもまた、どうして妹さんを犯人だと断言できるんでしょう？　言い切るからには、確たる証拠を握っているんですよね」

『それは……でも。妹はバンドを抜けたがっていたから。これは自分の表現方法じゃないって。それに、張り紙のあった日は、一人だけ別行動していたから』

それは、ボーカル少女が語った「姉」を犯人とする理由と同じだ。その奇妙さに陽介は眉を寄せる。どちらかが嘘をつき、自分の行動を相手の行動だと言い張っているのかもしれない。

「そう、あなたの根拠もその程度ですか……ところでお姉さん。あなたがぼくらに接触してきたのは、当然、ボーカル少女さんとのやり取りを盗み聞きしたからですよね」

『……』

「ただし、途中までですね。だからあなたは、こうして、こっそりとぼくらに接触しなければならなくなった。そうですね？」

『ええ』

「残念ながら、あなたの思い描くような結末には至っていません。途中でぼくは追いやられ、助手が対応してしまったので」

ちらり、と月也は陽介に視線を投げる。からかうように。小馬鹿にするように。陽介は口をへの字に曲げた。

「ですから、張り紙の件については、論理的には何も着手していません。いや、できないといった方が正確でしょう。あなたもボーカル少女さんも、独りよがりの身勝手な根拠しか語ってはくれない。それだけで推理するなど不可能です。言い換えれば、妹さんが犯人ではないとも断言できない」

『そうですか……』

「バンドに対する不満やアリバイ以外に、何か心当たりはありませんか？　些細なことで構いません。違和感や、いつもと違った行動といったような、もっとヒントになりそうな情報を提供してくれませんか」

　ボーカル少女の姉は考え込んだらしい。スマホの向こうが静かになった。そんな、すぐに思い当たることもないのに犯人扱いしていたのか、と陽介の中に不快感が募ってきた時だ。

『しばらく会えなくなるね』

　ぼそり、と姉は呟いた。

『あたしたちが使ってるライブハウスって、土曜日の夜しか開いてないんですけど。昔メジャーデビューを目指してたって中年の夫婦が、副業としてやってくれてるから……それで。張り紙騒動の前の土曜日に、妹がマスターとそんな話をしてたんです』

「しばらく会えなくなる、ですか」

『ええ。これってなんか、意味ありげじゃないですか？』

「……なるほど。少しお時間いただけますか。情報を整理したうえで、張り紙に込められた本当の意味についてお伝えしましょう」

『え、でも。妹が戻ってきちゃう……』

「尚更です。謎解きの場面には、三人揃っていてもらいたい」

では、と強引に約束を取り付けて、月也は通話を終了する。涅槃像のポーズをほどき、ソファの上に胡坐をかくと、両手で陽介のスマホをもてあそび始めた。

「なあ、陽介なら分かるか？　他人のために罪を犯す心理って」

「そうですね。それで守れるものがあるのなら……とはいえ、結局は自己満足のエゴでしょうから、罪は他人のためではなく、自分のためにしか犯せないんじゃないですか」

「そうか……」

「そういう事件と月也兄さんは考えている、と。動機に気付いているってことは、姉である妹である二女は、本当に犯人なんですね」

月也が告げた「三人揃って」という言葉を聞いたとき、さすがに陽介でも分かった。ポーカル少女も姉も嘘などついていなかったのだ。三姉妹であれば。姉、妹の両方で呼ばれることに矛盾はない。

つまり、長女と三女は二女を疑い――

「でも。長女と三女は二女を本当は信じたくて、理系探偵に相談してきた」

「さすがに、いつまでも眼鏡は曇ってねぇか」

くすくすと笑った月也は、スマホをもてあそぶ手を止めた。そうして、まっすぐに陽介を捉えた目はひどく嬉しそうだ。けれど、同時に、その瞳に宿る暗さはいっそう深くなったように陽介には感じられた。

「二女を疑っているならあんな相談にはならない。ましてボーカル少女は、陽介の言葉なんかに満足したりもしなかっただろう。疑わなくていいと言ってもらえたことで気が楽になったんだ。そうしてご機嫌になったことに、長女は疑問を抱いた」

「それ。長女はどうして三女に直接聞こうとせず、勝手にスマホを使うなんてリスクを冒してまで僕らに接触してきたんでしょうか」

「あー、眼鏡の半分はまだ曇ってるんだな」

すっかり馬鹿にした様子で月也はテーブルに手を伸ばした。ほとんど忘れられていた、冷めきった紅茶の入った白いマグカップをつかみ、背もたれへと戻る。

「長女は、三女が俺たちに相談したところまでは盗み聞いていた。けれど、どんな邪魔が入ったかまでは分かんねぇけどな、最後まで話を聞くことはできなかった。それでも三女の様子から、二女犯人説が消えたらしいことは察することができた……では、問題。長女はどうして三女に話を聞かなかったのか？」

「だから、それは僕が聞きたい――」

人差し指を立て、月也は陽介を黙らせる。彼自身も無言のまま、ソファに置かれた陽介のスマホのパターンロックを解除した。そうして、嫌みなまでにさわやかに微笑む。

「あー……あまりにも単純な話ですね。長女はどうして三女のセキュリティを突破できたのか。まあ、今問題にすべきは。三女に直接、二女の無実について聞くということは」

「そう。盗み聞きを認めることになる。それはまた、姉妹間に別の問題を発生させることになるだろう。だから長女は、三女がいないうちにこっそり聞き出そうとしたんだ」

「なんというか、あまり健全という気がしませんね」

眉を寄せ、陽介も黒いマグカップを手にした。淹れ直そうか、と思ったけれどそのままにする。安物のティーバッグとはいえもったいなかった。

口に運んだ紅茶は、冷めて、余計な苦みが出ていた。けれど、それが陽介に気付きをもたらした。

「……兄さん。最後の解答は、やっぱりメールにしませんか」

「信用ねぇな、俺」

「逆ですよ。むしろその可能性を確信できるくらい知っているからこそ、嫌なんです。だって、そのために三人揃えたんでしょう？」

月也はただその名のように、三日月みたいに笑っただけだった。左右非対称に。

それだけで陽介には充分だった。

月也は全て暴露するつもりだったのだ。長女と三女が二女を疑っていること。二女が確かに犯人であること。そのことに関して、長女は三女の話を盗み聞きし、あまつさえプライバシーであるスマホを操作したこと。その、全てを伝える。

三姉妹の関係性を崩壊させるために……。

そうでなければ、何故、三人を揃える必要があるのだろうか。二女の真相は、ボーカル少女、もしくはその姉だけに伝わればいいとも言えるのに。

（これまでの依頼も、危ういところはあったもんな……）

枯れた朝顔の件では、個人情報のためなら嘘も容認してみせた。

新婚夫婦の事件の時には、妻が不倫に気付くように仕向けつつ、夫の心を揺さぶるようなアドバイスを与えた。いや、あの件については、陽介も同情する気はないけれど。わざと拗れさせようとしたことに違いはない。

自分で気付いたという感覚をもたらしてあげようと、相手を想ってみせたのだってそうだ。言葉だけでどこまで相手を動かせるか、試してみようとした結果とも言える。もしもメール文だけで、それと気付かれることなく意のままに操れたなら……遠隔地から事件を起こすことだって可能になってしまうのだ。

隙があれば、月也は牙を剥こうとする。毒を与えようとする。

人間が嫌いだから。

だとしたら「理系探偵」は、探偵として救うためではなく、犯罪者として完全を目指すための予備実験に使われているのかもしれない。

「させませんから」

「なんでそういうことには気付くかな、名探偵」

「僕は探偵じゃありません。今はただの『弟』ですから。だから気付けるんです。絶対に話はさせませんからね。メールにしてください！」

「メールでも構わねぇけど……一番のヒントをくれたのが長女って点はどうするんだよ。あのヒントなく、二女の動機は語れねぇぞ」

「そこはなんとか捏造します。二女がどういう目的で、どうして自粛警察となったのか教えてください」

一気に紅茶を飲み干すと月也は立ち上がった。マグカップをテーブルに置き、加熱式タバコを口に運びながらベランダへと出て行く。タバコを吸わない陽介はカップを持ったまま、その背中を追いかけた。

暗い——といっても、あの町よりも明るい首都圏の夜。陽介の髪を揺らす風は、じっとりと重い。雨はなかったものの、空に星の気配もなく、梅雨独特の湿ったにおいに満ちていた。

嫌な季節だ。

洗濯ものは乾かないし、すぐにカビは発生するし、月也が堕ちやすくなる。蟲の夢に引きずり込まれるように……。

「長女が聞いた二女とマスターの奇妙な会話。しばらく会えなくなる。それを言葉の通りに解釈すれば、二人は会えない状況になることが分かっていた、ってことになるだろ」

曇った空にすうっと白い煙が昇っていく。陽介は煙の行方を追いかけるように、顎を上向けた。

「けれど。その一週間後、ライブハウスは通常通りに開店した。正確には休業などの連絡はなかった、だな。代わりに張り紙事件が発生する。そしてその日、二女は一人だけ別行動をとっている。長女と三女に疑われるくらいのな。この二つを結びつけるとどうなると思う？」

「二女がマスターと共謀して張り紙事件を起こした、ですか？」

「エクセレント！」

言葉ほどには楽しそうな素振りも見せず、月也はベランダの柵に背を預けた。陽介とは違う角度で、同じ曇った夜空を見上げる。

「大体、もし本当に自粛警察による迷惑行為だったってんなら、マスコミが食い付かないはずがないんだ。けど、これといって取り上げられた様子もねぇ。その点を踏まえると考えられるのは、事件ではなかったってことだろ」

「でも。二人はなんだってそんなことを……」

「それは俺よりも、お前の方が分かってやれるんじゃねぇかな。俺にはない優しさを、陽介は持っているから」

彼の口から吐き出された短いため息は、陽介の心に重く沈んだ。だから、「僕は優しくないですよ」という言葉も発することができなくて。陽介もまた、星の隠された空に向けて息を吐き出すことしかできなかった。

月也は、他人のために罪を犯す心理を問うた。

そして今、それを「優しさ」だとしている。

（マスターと二女は、誰のための優しさで、罪を犯したのか……）

二人に共通し、関係が深いのは、ライブハウスのおばちゃんでありマスターの妻である
その人だ。かつてメジャーデビューを目指していた彼女は、こんな状況だからこそ、ライブハウスを閉めたくなかったのだろう。

夢を追う若者たちの居場所のために。その未来を守るために。

けれど、それはとても危うい。

ライブハウスが新型感染症の発生源となってしまうかもしれない。クラスターに認定されてしまったら、今後ますます活動できなくなってしまうだろう。あるいは、本物の自粛警察により危害を加えられるかもしれない。

それらから守るために。

そして、ライブハウス側に非があるのではなく、そこもまた被害者であることを印象付けるために。二女とマスターは共謀し、自粛警察をでっち上げたのだ。

「確かに、優しさによる犯行ですね」

「ああ。でも同時に毒も孕んでる。二女にとってはバンド活動を辞めるきっかけでもあるんだろうな。その踏み台とするために、活動拠点を機能停止させたんだ。案外マスターは二女に踊らされただけかもしれねぇな」

　ふっと煙を吐き出した月也は、今日一番の笑顔を浮かべる。二女を讃えるように。それがあまりに腹立たしくて、陽介はマグカップをアイアンテーブルに置くと、月也の脇腹に右の拳を叩き込んだ。月也は口からタバコを落とし、脇腹を押さえる。

「いや、待って、意味分かんねぇし……」

「今日は先輩をぶん殴りたい気分だって言ってあったでしょう」

「あ、マジ……でも。陽介は後輩の方が似合ってるよ」

　苦しそうにしながら笑う月也の言葉に、陽介はハッとする。今、確かに「先輩」と呼んでしまった。そしてやっぱり、その方がしっくりくるのだ。

「……もう一発いいですか？」

「いいわけねぇだろ！　大体お前、傷付くのも傷付けるのも嫌なんだろ。暴力なんて矛盾してるじゃねぇか」

「そうですよ。僕だって充分歪んでるんです。だったら月也先輩も、同じように矛盾してたっていいはずですよね」

　殺したいくせに生かすように。

　壊したいくせに守るように。

「俺は――」

「先輩は優しい人ですよ」

　陽介は微笑み、落ちた加熱式タバコを拾い上げる。それを口に咥えさせると、彼を残してベランダを後にした。
ソファを独り占めして、何気なくテレビをつけると。
高校時代に二人で聴いた、懐かしいメロディが流れてくる。

＊スクイーズドオレンジ［squeezed orange］役に立たない人

第8話　ホワイトフェザーを持つ友人

燃えるゴミを出し終わり、錆びた外階段を部屋に向かっていた陽介は、ジーンズのポケットからスマホを取り出した。ニュースでやっていてさっそくダウンロードしてみた、政府主導の感染者接触確認アプリを立ち上げてみる。
［2020年6月19日から0日間使用中］
トップの時間経過のすぐ下、陽性者との接触を確認する、をタップしてみれば。「陽性者との接触は確認されませんでした」と表示される。いくら、テレワークなど忘れてしまったかのように通りを歩く人の流れが戻ってきたとはいえ、ゴミ捨ての数分間で接触する可能性は低かったのだろう。
そもそも、今日リリースされたばかりのアプリだ。どれだけの人が導入し、正しく情報を入力しているかも分からなかった。

（向こうでも感染者出たんだっけ）

あの町の近くまで感染症は広がりを見せている。それを後押しするように、今日まで禁止されていた県をまたぐ移動についても、とうとう解禁された。いっそこのまま、ウィルスが滅ぼしてくれたら……そんな空想にひっそりと笑い、陽介はあくびをこぼした。

病死なら仕方がないのだ。誰が悪いというわけにもいかない。そのせいで桂が絶えたとしても、月也の手は綺麗なままだ。

（「理系探偵」失敗だったのかな）

ぼんやりと考えながら、陽介はドアノブをつかんだところで止まった。

銀色の丸いドアノブは、簡単にピッキングできてしまいそうな鍵しかついていない。事実、鍵を行方不明にした時に、月也がクリップで開けたことがある。その時につけられた傷を見つめて、陽介はため息をついた。

理系探偵は、犯罪者の対極として考えたはずだった。

そのことを悟られないために、月也に対しては暇潰し程度に扱ってみせているけれど。本心では、彼を「探偵《プラス》」の側につなぎとめることができればと願っている。

いや、願っていた、という方が正しいかもしれなかった。

月也の思考パターンは、きっと、理系探偵であっても犯罪者のままだ。

「……………」

ドアを開け中に入る。静かな室内に、微かにキーボードを叩く音だけが聞こえる。

その音は陽介に、農家の支配者でありながら、土を知らない白い手を思い出させた。まだ血に濡れたことのないその手を、綺麗なままに守りたい。そう自然に考えてしまうくらいには、陽介はもう、月也を犯罪者予備軍として見ている。

だから、探偵側にしたかった。けれど月也は依頼を「予備実験」として捉えている。いつか家族を殺すための完全犯罪計画の一環として。

(やめた方がいいのかな)

朝食で出た皿とカップを洗いながら、再びため息をこぼす。けれど陽介は、やめるという発想を取りやめた。予備実験だろうとなんだろうと、そちらに思考を費やしているうちは、桂家殺人事件のシナリオは進まない。

いや、もっと素直になれば。

陽介がやめたくないと思っている。

理系探偵がなくなってしまったら、どうやって会話をつなげていいか分からないから。四六時中一つ屋根の下にいて気まずくならないのは、依頼として話題が提供されていることが大きい。そして。

(単純に好きなんだよなぁ)

月也の思考に触れることが。その危うさに対して、時には同調して、時にはストッパーとなって関わることが。陽介は楽しかった。

結局は自分勝手な我が身に苦笑して、陽介はインスタントコーヒーを準備する。微かに聞こえ続けるキーボードの音は弾んでいる。順調そうなのは彼の好きなジャンルのレポートをやっているからだろうか。

(宇宙かぁ)

あの町では役に立たない、そしてたぶん、完全犯罪計画の役にも立たない分野だろう。それなのに何故、月也は宇宙を知りたがるのか。

頭を働かせる彼のために甘ったるくしたコーヒーを運んだ陽介は、結局何も声を掛けずに、キーボードのそばにマグカップを置いた。さっさと立ち去ろうとすると。

「タバコ休憩するから付き合えよ」

「せっかくコーヒー淹れてやったのに」

「お前が淹れると適温じゃゃねぇんだよ」

ぼそりと文句をつけて月也は立ち上がる。悲鳴にも似た音を立てて窓を開けた。重苦しい雲に覆われているけれど、雨はまだ強くない。アイアンチェアの濡れもひどさはなく、手で拭うだけで充分だった。

無駄に長い脚を組み座ると、月也は加熱式タバコをふかし始めた。時折吹き込んでくる雨が煙を飛ばしてくれるために、今日はさほどにおいが広がらない。おかげで、安物のインスタントコーヒーではあるけれど、邪魔されることなく楽しめた。

「先輩はなんで、宇宙について学ぼうと思ったんですか?」

「圧倒的だから」

月也は空を仰ぐ。雨の向こうへと思いを馳せるように。

「あの町、さすがに星はすごかっただろ……俺、夜はいつも一人だったから。ずっと空ばっかり見てたんだよ。たぶんそのせいだな」

「名前のせいじゃないんですね」

「ああ『月』な。関係はあるかもしれねぇな。月が綺麗だったからってキヨがくれた名前だから」

月也にしては珍しくやわらかな笑みをこぼす。陽介はパチパチと瞬いて、同じく甘ったるくしてしまったコーヒーをすすった。そして、微笑む。

「名前はちゃんと贈られたものだったんですね」

「陽介は……」

「大丈夫です。僕も親が付けたものじゃなくて神社にもらったものなので。でも別に、姓名判断的に特別いいってわけじゃないんですよ。妹のやつは大吉なんですけどね」

「三野辺《みのべ》神社か。あそこキヨの実家らしいな」

「そうそう。キヨさんって有能な巫女さんだったらしいですね。それで気になるからって、僕の名付けの時、わざわざ神社に口出ししたらしいんですよ。字画よりも文字そのものの方が大事だって。その結果が『月と太陽』だなんて面白いですね」

「……」

月也は眉を寄せると口を閉じてしまった。

ということは、彼なりに思ったことがあるのだろう。それが、自分と同じ発想ならいいのに、と陽介は心の中で呟く。先日のごっこ遊びは失敗してしまったけれど。

（名前だけなら「兄弟」みたいだな）

少しは家族っぽいかもしれない。そんな嬉しさを隠すように、眼鏡のブリッジを押し上げた時だ。ブルージーンズの尻ポケットで振動が起きた。マグカップをテーブルへと置き、陽介はスマホを取り出す。予想通り、それは依頼のメールだった。

ただし、あまりにも奇妙だ。

【ニックネーム　名無しさん】

探偵を騙《かた》るなら、あなたは「私」を当てることもできますか？

本日午後三時半まで、私に好きなだけ質問をしてください。私は正直に答えることを約束します。そしてもし、私を当てることができたなら、あなたは依頼を達成できたと判断しましょう。

報酬は、勝った場合には最低価格の五百円を。

負けた場合には、言い値を支払いましょう。

「……ネットでの依頼募集ですし、変なのに絡まれることもありますよ。お断りメールを返しましょうか？」

「いや。面白そうじゃん」

それは陽介の想像通りの反応だった。月也は普段は暗い瞳の中に、高温の炎のような冷ややかな色を揺らめかせている。暗黒物質《ダークマター》という宇宙用語が陽介の脳裏に浮かんだ。

「わざと負けりゃ言い値支払わせられんだろ。いいカモじゃん」

「……いくらを想像してるか知りませんけど。サイト規定で上限は五十万円となってますから。最高額は五十万固定です」

軽く眉を寄せた月也は不満そうに加熱式タバコをオフにした。組んだ脚の膝を台にして頬杖をつき、「五十万でも充分うまいか」と呟いた。

このままでは、月也は本当に「わざと負ける」ことを選ぶかもしれない。利益を考えればそれは正しい選択ではあるけれど。陽介はどうにも腑に落ちなくて口を曲げた。

「でも……なんだって負けた方が高額なんでしょう？　普通に考えられるのは、見事正体を言い当てられた、勝った場合の報酬ですよね」

「それは。よほど分かりやすい素性ってことなんだろうけどな」

「あり得ないですよね」

ネットの世界での出来事だ。名無しさんは嘘はつかないと言っているけれど、それが嘘という場合すらある。性別も年齢も分からない。仮に相手が本名を語り、これまでの生き様を披露してくれたとしても、電波の向こうのその人を「その人」だと証明する術はないのだ。

何を明らかにしても。明らかにしなくても。物理的接触をはかれない以上、名無しさんは永遠に「名無しさん」とも言える。

つまり、この時点で「名無しさん」である、と言い当てたことになる。

けれど、それは決して名無しさん「本人」ではない。

そんな屁理屈めいたロジックを展開させた陽介は、ハッとした。どうやら月也も同じ考えに至ったらしい。見開かれた目が陽介を捉える。

「引き分けにしかならない！」

声を揃え、二人は互いを人差し指で指し示した。

勝つことも負けることもできない。結果、「スキル∞むすび」の報酬規程により、着手金分の五百円だけが発生する。

「この相手、随分とエレガントな思考してるじゃねぇか」

「どうします？　面倒なら断りましょうか」

月也は三日月の、冷ややかな笑みで左右に首を振った。火が付いたのだろう。完全犯罪を目論む彼にとって、知恵比べはいい予備実験になる。

「謹《つつし》んでお受けしよう」

気取った言い方に、陽介はやれやれと肩をすくめた。ほとんど呆れた気持ちでスマホを手渡す。

「先輩をボロクソに打ち負かしてくれるといいですね」

「お前って、俺の味方じゃねぇの？」

「半分は味方ですよ。でも、まあ、最後には裏切るタイプでしょうね」

「……」

苦い顔で、月也はスマホの上に指をすべらせ始めた。そうして彼が放った一つ目の質問は、至ってシンプルなものだった。

【あなたは誰ですか？】

【それは、勝つことを選ぶということですね？】

【違います。私はあなたに勝つことも、負けることも不可能です。ならば、今提示されている報酬額を気にしても仕方がない。ここからのやり取りで、あなたを満足させ、新たに報酬を考えさせましょう。さて、嘘をつかないと仰るあなたに、今一度お尋ねします。あなたは誰ですか？】

【それは秘密です】

嘘をつくことなく、名無しさんは切り返してきた。そう来たか、と陽介は目を見開いたけれど。月也にとっては想定内の返事だったようだ。つまらなそうに立ち上がった。

パソコンデスクの甘いコーヒーを回収し、ソファへと移動する。長丁場になるとすればアイアンチェアの座り心地はいいとは言えない。けれど、寝転がられてしまっては、陽介の居場所がなかった。

仕方なく、陽介は床に座る。ソファに合わせ背中を反らせるようにして、月也の手元のスマホを覗き込んだ。

【タイムリミットが三時半というのには、何か理由が？】

【四時から予定があるからです。これはそう、それまでの暇潰しですね】

【予定というのは？】

【秘密です】

【……あなたは人間ですか？】

【面白い質問ですね。確かに人間です】

【失礼。チューリングテストを思い出したものですから……】

【チューリングテスト？】

【ご存じない？　ロボットに対するテストです】

【ロボットならよかったかもしれませんね】

ふと、月也は文字を打ち込んでいた指の動きを止めた。仰向けにしていた身体を横向きにする。危うく、陽介はスマホで殴られるところだった。

「先輩、見えません」

「ああ悪ぃ」

じっとスマホを見つめる彼からは、ちっとも謝罪の意思を感じない。陽介は仕方なく、画面が見える位置を探して背もたれの後ろに回り込んだ。

「こいつ、チューリングテストに食いつかなかったな」

「僕もどうでもいいと思いますよ」

「お前は……なあ、陽介。『ロボットならよかった』ってどういう意味だと思う？」

そうですね、と陽介はずっと持ち歩く羽目になっているコーヒーをすすった。梅雨空の下に出ていたせいか、すっかり冷めてしまっていた。甘さが余計に強調される。

「文脈的には、人間ではなくロボットがいい、ってことでしょうか。こんなところに依頼してくるくらいですし、あまり健全とは言えないかもしれませんね」

「四時からの予定ってのはどう考える？」

「秘密にした理由ということですか？　当然、名無しさんの素性につながる予定だと思いますけど……予定程度で人を特定できるものでしょうか」

「特殊な職業なら、あるいはな。およそ一般人には関係ねぇ予定だったら、絞り込めてしまうだろう。事情聴取でも裁判でも、テレビ関係の収録でも」

「でも。それだと『暇』ではないんじゃないですか？」

事情聴取される側は暇かもしれないけれど、留置所にいたら、そもそもこんなやり取りはできないだろう。月也のメールに即座に返事をできる名無しさんは、本当に「暇」なのだ。それこそ、同程度に相手できる月也や陽介のように。

「……僕らと同じ学生で、四時からバイトとか？」

「バイトなら何も秘密にする必要はねぇな」

「特殊なバイトとか？」

「いかがわしいな、どんなバイトだよ」

「さぁ……」

陽介は曖昧に首をかしげた。いかがわしいなどと言われたら、かえって思い付けなくなってしまう。そんな陽介の思考を察したように、月也はケラケラと笑った。

「つまり名無しさんは、自身をロボットならよかったと考え、本日午後四時から特殊な予定を持つ何者かってわけだ」

悪魔の笑みで現状をまとめると、月也は再び文字を操り始めた。

【もしもロボットになったら、『ロボット三原則』に縛られることになりますね】

【ロボット三原則？】

【アシモフです。ＳＦはご興味ない？】

【物語は嫌いです】

【何故？】

【良くても悪くてもご都合主義だから。作者という神様のもとに生死を決められるなんてくだらない。それに涙する読者も嫌いです】

【同感です。現実はもっと残酷だ】

「月也先輩。今の私情でしょう？」

背もたれの後ろから寄り掛かって、メール文を覗き込んでいた陽介は、思わず口を挟んだ。言葉で応じる代わりに、月也は黒いシャツ越しに左脇腹を撫でる。

戸籍上だけの、血のつながりのない母親に刺された痕。父親が味方ではないことの証明でもある。それなのに「桂」を維持するためだけに縛り付けられている彼は、どんな物語の世界ならハッピーエンドを迎えられるのだろうか。

「……そういえば。先輩の産みの親ってどうなったんでしょうね」

「さあなぁ。そればっかりはキヨも教えてくれねぇから。この、名無しさんみたいに『秘密』ってな」

「分からない、じゃないんですね」

ということは、キヨは月也を産んだ母を知っているのだろう。でも、桂の婿養子といい仲になり、子どもまでもうけたとなると、ろくな目に遭っていないに違いない。

「会いたいと思いますか？」

「なんで。どこにも痕跡なんてねぇ、母さんすら知らねぇ幻みたいな存在だぞ。会ったところで他人以上にもならねぇよ」

「そうですね……」

でも、と陽介は考える。

産んだ方は忘れてしまっているのだろうか？　一時の過ちとはいえ、愛した男との間にできた子どもを。

【そうですね。現実は無慈悲です】

名無しさんの言葉が、陽介の目に刺さるようだった。無慈悲。そうかもしれない。産みの母は二十一年もの間、月也に接触してきていない。それがたとえ「桂」を恐れてのことだとしても、その程度の愛情だということだ。

（本当、残酷だ）

月也には「母」もいないのだ。

【名無しさんは、どのような病気なのでしょう？】

月也の「家族」について考えていた陽介にとって、月也が放った質問は全くの不意打ちだった。ほとんど無意識のうちに「え？」と声がもれる。

「病気ってどういうことですか？」

「ああ。半分はカマかけてるだけだけどな。こいつが物語を嫌う理由、それなりに独特だろう？　この言葉選び——特に『生死』を選択したってことは、それを常々意識してるんじゃねぇかって思ってさ。ロボットになりたいってことにも理屈付きそうだし」

「それで、病気……」

【探偵の名に偽りはないようですね】

少し時間をあけて、名無しさんは答えた。スマホに表示される文字に温度などないはずだけれど、陽介には、ひどく冷ややかな呟きのように感じられた。

【褒め言葉と受け取りますが……医者ではないぼくに、何故相談を？】

【「私」から「ぼく」になりましたね】

名無しさんの返事は答えではなかった。けれど、それを嘘とは言えない。わざと相談理由を答えなかったのか、単純に月也の人称に興味を引かれただけなのか。考えあぐねる陽介の前で、月也はしれっと、

【本質は「俺」かもしれません】

くすくすと笑う。それに対する名無しさんの言葉は、またも冷ややかだった。

【なんにせよ男性なんですね】

【おや、立場が逆転してしまったようですね。確かにぼくは男です。異性では不都合でしたか？】

「異性？」

「ブラフ」

「ああ」

これまでのやり取りの中に、名無しさんの性別を示すものはなかった。けれど、この問いの返答次第で、名無しさんの性別は確定する。

イエスでもノーでも女性に。異性が誤りであることを指摘すれば、当然ながら男性に。秘密としたときには、何か訳アリなのかもしれない。

【いえ。性別にこだわりはありません】

名無しさんの返答は月也よりも上手だった。陽介はたまらず吹き出す。月也は軽く口を尖らせると上体を起こした。気合いを入れるように一口、甘ったるいコーヒーをすする。

「……なあ陽介。なんて返せばいいと思う？」

「さあ？　僕は探偵じゃありませんから。助手であり裏切り者候補の僕は、月也先輩の脳細胞のままに、としか言えませんよ」

「……………」

しばらくスマホの文字を睨みつけていた月也は、苦々しそうにコーヒーをすする。ぐしゃぐしゃと真っ黒な癖毛を掻き混ぜると、吐き捨てるように文字をつないだ。

【誰でもよかったんですか？】

【そうですね。言い方は悪いですが】

【暇潰しで、誰でもよかった……今はお一人なんですか？】

【いえ。母はいますけど……】

【他人がよかった？】

月也が送った言葉の意味を、陽介はつい深読みしたくなった。母とは他人がよかった。家族と他人でありたかった……。

【そうですね。私のことなど知らない赤の他人が】

【でも。ぼくはもう、あなたと関わり合ってしまった】

ある種の情熱を感じさせるメッセージを送信すると、月也はそっと、スマホをひじ掛けに置いた。まるで、名無しさんからの返事がすぐには来ないと分かっているかのように。

そうして暗くなった画面を横目に、陽介は月也のとなりに座った。

「解けたんですね」

「まあ、ほとんど空想みたいなもんだけどな」

「眼鏡が曇っている助手に、ご教示願えますか？」

「……昼飯。チキンライスプレートにしてくれるなら」

「分かりました。自家製お子様ランチですね」

「……」

「そうですか。邪悪な先輩を幼児退化したくなるほどに落ち込ませたんだとすると……名無しさんはもう、長くはないんですね」

月也は何も言わず、白いマグカップの縁に口を付けるばかりだ。陽介にとってはそれだけで、充分に答えと言えた。

人の不安を煽り、疑念の芽を育て、罪悪感を助長させるような桂月也だとしても。死の陰を前にすれば黙るのだ。それは、もしかしたら、彼の目指すところが「死」だからかもしれない。

だから……到達点に近い人に対しては、彼も優しくなるのだろう。

「病気らしいってことはいいよな」

カップの中の甘いコーヒーに向けるように、ぽつぽつと月也は語り始めた。

「生死という言葉にこだわりがあって、人間であることよりもロボットであることを望んでるわけだから。まあ、まともな身体じゃねぇってことは想像できる」

「ええ」

「問題は、そんな状態の奴が、なんだって他人を求めたかってことだ。今日という、このタイミングで」

「今日……午後四時からの予定ですか」

「エクセレント」

　頷く月也の声は、ぼそぼそと聞き取りにくかった。伏せがちになった睫毛に隠されそうな目も、いつにもまして暗い。それでいてほのかに――羨ましそうに輝いているようにも見えた。

「診断結果が出るんだとしたら。病院という予定は、軽い病気の奴からすれば隠すような予定でもねぇけど、それを深刻に捉えているとしたら……それだけ特別な、特殊な予定になっちまう」

「だから名無しさんは、思わず秘密と答えてしまった」

「ああ。そして、『その時』を待つ間の暇潰しに、誰でもいいから話し相手を求めたんだろう。自分の病状なんて知らねぇ、気安く関われる話し相手を。俺たちは運悪く、あるいは幸運にも選ばれたってわけだ」

「でも。だったらなんだってこんな依頼をしてきたんですか？」

　陽介もまた月也のように、黒いカップの中へと問い掛ける。どうして、「私」の正体を暴かせようとしたのか。自分を知らない人を求めておきながら、何故、知ってもらおうとしたのか。

「人は二度死ぬって言うじゃねぇか」

「……」

「肉体的に死んだ時。そして――」

「人に忘れられた時」

月也に言わされるままに口にして、陽介はきつく目を閉じた。そのまま飲んだコーヒーの甘さに、ひどくうんざりした。

名無しさんは、自分の未来を宣告される前に、誰かと関係したかったのだ。一人でも多くの人に、「私」を覚えていてもらうために。その相手に選ばれたのだとしたら、それはやはり「幸運」なのかもしれない。少なくとも。

（月也先輩に関われた名無しさんは、幸運だったんだろうな）

気付くだけの能力がある「探偵」だったのだから。暇潰しのゲームに見せかけた、その裏に隠された本当の願いまで読み解けるほどの。

「……あ」

きっかけとなった依頼文を思い出していた陽介は、ふと引っ掛かりを覚えた。正確なところを確かめようと、月也の向こうのスマホへと手を伸ばす。察した月也によって渡されたスマホ、その中のやり取りを遡った。

「先輩。僕らは最初から間違ってました」

「ん？」

「ほら、もう一度丁寧に、依頼文を読み直してみてください」

【ニックネーム　名無しさん】

探偵を騙るなら、あなたは「私」を当てることもできますか？

本日午後三時半まで、私に好きなだけ質問をしてください。私は正直に答えることを約束します。そしてもし、私を当てることができたなら、あなたは依頼を達成できたと判断しましょう。

報酬は、勝った場合には最低価格の五百円を。

負けた場合には、言い値を支払いましょう。

「僕らは依頼の達成を、すなわち、勝ちと読みましたけど」

「まさか……」

「まあ、僕も、空想に過ぎませんから」

砂糖に負けたコーヒーを飲み干し、陽介はもう、語らなかった。月也もただ、ちびちびと冷め切ったコーヒーをなめるばかりだ。

何故、勝った場合が安く、負けた場合の方が高い報酬となるのか。

生死に関わる状態の人が、まともに収入を得られているとは考えにくい。だとすれば、どこから報酬を支払うのか。確実に、その身によって得られる金銭があるとすれば。

依頼人は何に勝ち、何に負けるのか……。

「五百円の仕事になるといいですね」

「どうだかな。依頼人的に楽になるなら、俺は高額をもらってやることにも意味はあると思うけどね」

これだから裏切りたくなるのだ。陽介は大きく息を吐き出した。

ずっと沈黙していた名無しさんがメールを返してきたのは、午後三時二十五分のこと。月也がまた、タバコ休憩をしている時だった。

【報酬はいくらにしますか？】

【74万7592円】

まるで予期していたかのように、月也は即答した。サイトの規約をオーバーする、明らかに報酬としてはおかしな金額を。

それに対する名無しさんの返事は、とても短かった。

【xoxo】

「……XO醤、なわけないですよね」

「当たり前だろ。どういう眼鏡の曇り方だよ」

タバコの先を唇に当てたまま、月也はケラケラと笑う。

陽介は早々に降参の意思を示し、眼鏡をシャツの裾で拭った。曇った空にかざして汚れが消えたことを確認すると、アイアンテーブルの上、ほうじ茶を淹れたマグカップに手を伸ばす。ますます愉快そうに、テーブルの向こうで長い脚を組み直した月也は、灰色の空へと煙を吹きかけた。

「ほんとお前、昔っから英語駄目だな」

「うっさいな」

「それはいわゆる海外のネットスラング。意味としては『ハグ&キス』だな。xがキスでoがハグ。日本で言うなら敬具とか草々とかのあたりに書く締めの表現だ。キスやハグをしたいほどの親愛を込めてってところだな」

「親愛……よかったですね」

「ああ。金額の意味が通じたみたいで何よりだ」

意味があったのか、と陽介は首をかしげる。五十万を超えた上に、一円単位で指定しているのだから、おかしいと言えばおかしかったのだけれど。

「どんな意味ですか？」

「秘密」

「夕飯、もやし炒めオンリーになりますが構いませんか？　うちにはXO醤なんて大層なものはないんで、ウスターと塩コショウあたりになりますけど」

「それは卑怯じゃね？　家賃配分があるわけだから」

「それは家事労働への対価でしょう？　メニュー権限が僕にあることを忘れないでくださ

いね。なんなら毎食チャーハンにしてもいいんですよ」

「……」

月也は癖の強い黒髪をぐしゃぐしゃと掻き混ぜると、加熱式タバコの間から大きく息を吐き出した。

『11』なら『あ』。陽介ならこれで充分だろ」

「……ええ」

つまり、十の位が行を、一の位が段を示しているだけなのだ。それでいくと「74」は「め」。「75」は「も」。「92」は「り」。

「メモリー」

「……」

「月也先輩にしては粋なことしましたね。普段は人間なんて破滅すればいいって考えのくせして」

「……たまにはいいだろ」

「そうですね。名無しさん、どことなく先輩に似てましたもんね」

月也はいつものように沈黙する。肯定を隠すために。自分を守るために。その横顔に向けて、陽介はからかうように笑った。

「リアルに会えていたら、友だちになれたかもしれませんね」

「……ねぇよ」

呟き、加熱式タバコを持つ手を左手に変えると。月也はテーブルからマグカップを取った。喫煙の間に冷めただろうほうじ茶をすすると、揺れる青い紫陽花を見つめた。

「雨、降ってきたな」

「ええ」

この雨は、きっと名無しさんの上にも降り注いでいる。せめて、その目元は晴れていますように——陽介は祈った。

＊ホワイトフェザー［white feather］臆病者の証拠

第9話　ぼくらはゴールドフィッシュ

物凄い力で髪を引っ張られた。陽介は飛び起きて、その「犯人」を睨みつける。空が白み始めたばかりの薄暗い中、犯人は無言で立ち上がり、陽介の布団から離れようとした。

「待ってください！　何かしら言うことがあるでしょう！」

「あー、誕生日おめでとう？」

「……………」

枕元から眼鏡を取る陽介は、一瞬パニックを起こした。現状と、ふすまのそばに立ち止まった月也の言葉が一致しない。けれど確かに、今日、六月二十日は陽介の誕生日だった。誕生日。生まれた日。死とは反対にある……パニックの名残か、昨日の名無しさんのことを思い出してしまい、陽介はますますなんとも言えない気持ちになる。

「……二十歳、ですか」

「とうとう成人だな。というわけで立派な大人になった陽介くん、腹ペコ先輩に何か作ってくんね？」

「ふざけんな！」

陽介は枕をむんずとつかみ、出て行こうとする月也の背中へと投げつけた。見事命中。

「おわ」と軽いうめき声をもらした月也は、何故かじっと、握りしめられた右手を見つめた。

「あっぶねぇ……落としたらどうすんだよ！」

「何をですか」

「………」

答えずに月也はふすまの向こうへと消える。陽介は口をへの字に曲げると、微かに痛みの残る頭に触れた。これはきっと、何本か抜けたに違いない。いくら空腹だからといってあまりに乱暴ではないだろうか。

（まだ四時だし！）

目覚ましとして働く前のスマホの時計に、陽介はますます表情を険しくする。こんな誕生日の朝はないだろう。起きてやる義理もないと、もう一度布団の中に潜り込んだ。

枕がなかった。これもすべて、朝から横暴な同居人のせいだ。投げつけた自分を棚に上げて、陽介は立ち上がる。ふすまの近くに転がるそれを踵《かかと》でうしろへと蹴り飛ばし、煌々と電気の灯る居間へと出た。

ソファと一緒になって居間を占拠する丸いテーブルの上には、ルーズリーフが散らばっている。それだけではない。

和英辞典、英和辞典、銀河系の写真のようなものが載った英文書、高校の時から変わらずに使っている人体工学に基づいた太軸の青いシャープペンシル、蛍光ペンが三本に、どういうわけかチャック付きポリ袋――何時から起きているのか分からないが、飯の置きどころもないほどの散らかりっぷりだ。

そんなテーブルを前にして、月也はソファを背もたれに床に座っている。右手で自身のスマホを操作する彼は、陽介が側に仁王立ちしても顔すら上げない。

「先輩」

不満と苛立ちを込めて低く呼びかけると、月也は左の手のひらを向けてきた。制止。どうやらメールの作成で忙しいらしく、黙ってろということらしい。だからといって、素直に黙ってやる気にはなれなかった。自分は従順な飼い犬などではないのだ。

「土曜日の、こんな早朝からメールなんて、相手に迷惑じゃないですか？」

「相手が通知機能を設定してなきゃ迷惑にはならねぇだろ。気付いたタイミングで見てくれればいいんだから。まあ、この『相手』は起床時にすぐメールの確認をする習慣があるけどな。土曜って点は少し不安だけど、日曜じゃないだけマシだろ」

「……誰ですか？」

「生命工学科の教授」

もういいだろ黙れ、と言わんばかりに月也は左手をひらひらさせる。陽介は眉間のしわを深くした。できればもっと文句をつけてやりたかったけれど、「教授」と言われては仕方がない。テーブルの上に散乱する資料から推測するに、レポート関係の相談事だろう。

拭いきれない不満を抱えたまま、陽介はテーブルを回り込んだ。キッチンを目指しながら、

「素敵な誕生日をありがとうございます、ご主人様。ブレックファーストには何をご用意いたしましょうか、ご主人様」

「ふざけんな」

「それはこっちのセリフですよ。女々しくなりたくはありませんけど、さすがにちょっとひどすぎませんか」

「無収入なんだから仕方ねぇじゃん。今の俺にはどうせ、言葉くらいしか贈れねぇし」

「………」

「むしろ、あの状況で咄嗟に祝える俺ってさすがじゃね？」

「そうですか！　それで、朝ごはんは？」

「……和食」

少しとはいえ考える時間を取ったうえで、メニューではない答えが返ってくる。陽介は

眼鏡の位置を直すと、冷蔵庫の中身を思い浮かべた。

「手早くできるのは、ペンネのカルボナーラ風ですね。おつとめ品のベーコンが残ってますから。アラビアータ風、ナポリタン風も可能ですよ」

「和食はどこに消えたんだよ」

「あー、じゃあ、大根おろしとツナ缶で、和風パスタにしますね」

「……………」

沈黙する月也の横顔にからから視線を向け、陽介は居間をあとにする。キッチンに入るとまず、米を研いだ。夜の分と合わせて二合。感染症の影響で内食が増え、店頭から姿を消しているパスタ類、運よく購入できた徳用ペンネは昼用のメニューだ。まったくキッチンに立たない月也には、想像も及ばないだろうけれど。

(鶏と大根の煮つけかな)

朝のうちに大根の三分の二を使い、残りを昼のパスタに使う。それで食材の消費がほぼ終わるから、今日は買い物に行かなければならない。

(薄力粉あったら買おうかな。バターは諦めるとして、ドライフルーツも高いか……)

せめて自分のためにパウンドケーキでも焼きたいと思いながら、アルミホイルの落し蓋をする。火を弱めれば、あとは味が染みるのを待つばかりだ。その間にみそ汁の用意をする。

「なんだよ和食じゃん」

醤油の香りにつられてきたのだろうか。月也が冷蔵庫に寄り掛かり腕を組んだ。みそ汁の味見のために小皿を口に運んでいた陽介は、ふと、違和感を覚える。

何かがいつもと違う——不自然の正体はすぐに判明した。月也の手にスマホがあることだ。いつもはソファの溝に放ったままにしているのに。

「パスタは昼の予定だったんです。先輩の態度がムカついたんでからかいました」

「……悪ぃけど。俺、たぶん今日の昼留守だ」

どうして、と言いたかったのか。どこに、と言いたかったのか。同時にわき上がった疑問に陽介は言葉を発せず、ただただ瞬いた。月也はきつい印象を与える目を、ちらりと手元のスマホに向ける。

「さすがにまだ返事ねぇけど……調べもんができたからさ、研究所紹介してもらってるところだから。あのジジィ顔だけは利くから、たぶん、午前中には出掛ける」

「研究所ですか……」

そういえば、月也は理科大学生だった。だからこそ「理系探偵」だったというのに、どうにも失念していたのは、家ではそれらしくないからだろう。当然ながら試験管を手にしていることもなければ、白衣すら着ていない。家では見ない白衣姿を想像した陽介は、つい笑ってしまった。

「久々の研究、楽しめるといいですね」

「……」

何故か戸惑った表情で、月也は暗いスマホの表面を撫でる。そのまま、陽介の顔を視界に入れたくなさそうに首をかしげた。

「……お前んちってパラコート使ってる？」

「パラコート？」

　みそ汁に少しだけ味噌を足しながら陽介も首を捻ったのは、それが何か分からなかったからではない。分かっているからこそ、月也の口から出ることが不可解だったのだ。

　パラコート。除草剤成分。

　陽介の実家の小屋に、割と無造作に置いてあるものだった。正しい保管方法とは言えないけれど、どこの家も、そういう危機管理意識は低かった。

「うちは無農薬栽培を謳ってるタイプの農家じゃないですし、面積も面積ですから使ってますけど……致死性の高い農薬成分がどうかしましたか？」

「ほら、去年ニュースあったじゃん。秋田県の自販機でさ、取り出し口にパラコート入り缶ビールが仕掛けられてたってやつ。続報聞かねぇけど、やっぱ入手経路の特定は難しいのかなって思って」

「そうですね。毒物指定はされているので身分証の提示等は必要ですけど、除草剤ですからね。大きめのホームセンターにならありますし、比較的手軽に入手できる毒と言えますけど。そのパラコートが――」

「どうもしねぇよ。誤飲防止のために青色着色されてるし、刺激臭だってある。万一経口した時のために嘔吐作用のある成分も混合されていて、市販の濃度は5％以下。それでも大さじ三杯もあれば致死可能性があるっていうのは魅力的なんだけどねぇ」

「先輩……」

「どのみち、遠隔地から飲ませる方法なんてねぇだろ？」

陽介の顔が怖いとからかって、月也は居間へと戻っていく。みそ汁の火を止めると、陽介はため息をこぼした。炊飯器がご飯の炊きあがりを告げた。

（……昼は手抜きでいっか）

月也がいないのであれば、ペンネを茹でる必要もない。買い出しのついでに、ワゴンの中から割り引きされた菓子パンでも買ってくることにしよう。

あと、月也が好きな甘そうな缶チューハイを二本。

せっかく二十歳になったのだから、初めての晩酌を、彼としてみよう。


宣言通り、月也は九時半を過ぎる頃には出掛けていった。部屋に一人になった陽介は、気怠い気持ちでソファを占領する。なんとなくテレビを点ける気にもならず、薄く目を閉じた。

（一人って久々だな）

大学やバイトがあった時には、それぞれの時間の流れがあった。理科は実験が入ると夜の十時を過ぎることもあったし、陽介も深夜にシフトを入れていたこともある。

土日も、それこそ稼ぐことを優先していて。

一緒に食事をとれたのは、思い出してみれば、朝だけだった。

（三食は大変か）

学校が休みとなれば、必然的に給食もなくなる。世のお母さんたちは——テレビではいつもそうだけれど、こういう時に父親の気配は感じられない。毎日のメニュー作りと、食費のやりくりに困る主婦。応援しようと、格安で弁当の販売を始める飲食店。

そういったニュースには、どうしても「負」の気配が漂っていた。そもそもの原因が新型感染症である以上、不安を煽るのは仕方がないのかもしれない。

ただ、この手のニュースには、少しだけ残念な思いを陽介は抱くのだ。

大変という気持ちは分かるけれど。でも、相手を想って作ることは、楽しいことでもあるはずだから。「いただきます」「ごちそうさま」。その中にある当たり前の笑顔にまで、感染症を持ち込まれたくはなかった。

（いつまで続くのかな）

買い出しすらも行きづらい状況は。マスクをしていないと白い目で見られる状況は。いつまで続くのだろうか。「自分も感染するかもしれない」という恐怖に付きまとわれる状況は。

実家に帰らなくてもいい状況は——

ベランダを打ち付ける雨音に導かれるように、陽介は眉を曇らせる。いつまで続けられるのだろうか。強まる雨脚に不安が鎌首をもたげる。

当初の予定では、大学を卒業するまでの猶予だった。その四年間だけ、月也は自由を獲得し、「桂」とは無関係に「生きる」ことが約束されていた。

けれど、このような状況下で。

あの町よりも首都圏にいる方が、明らかに感染するリスクが高い状況下で。桂は――日下は、黙って見過ごしてくれるだろうか？

緊急事態宣言は解除された。県をまたぐ移動も始まっている。けれど、学校は依然として門を開かない。リモートが推奨されていく中、ここで学ばなければならない理由は失われ始めている。

今、もし、「帰れ」と命じられたら……。

「買い出し行こう」

不安を払うためにわざと声に出し、陽介はソファをおりた。雨の中の外出は憂鬱だけれど、話し相手のいない室内は、それ以上に気が滅入るものだ。それならまだ、濡れる足元に文句をつけて、買いだめのために空になった商品棚に恨みを抱いている方がマシと言えた。

（薄力粉あったら、バターとミックスフルーツも買ってやろ）

九月の小旅行を見据えれば浪費ではあるけれど。退屈な一人きりの時間をやり過ごすには、どうしてもそれくらいの出費が必要だった。自分への誕生日プレゼントとして、大目に見ても許されるだろう。

課題レポートに合わせて新たに作った、ハンカチ製のマスクを着けて外に出る。レポートのために工夫した点といえば、子どもでも簡単に作れるように、「いかに縫わないか」

ということくらいだ。目の詰まった生地を使ってしまったために、湿度の高い梅雨、まして雨の下では、どうしても息苦しい。

「……」

自分のものか月也のものか。区別もつかないビニール傘を雨が叩く。歩き始めてすぐ雨脚が強まったのは、陽介が雨男だからかもしれない。

例の、牛乳缶マークのコンビニの前に差し掛かる。つい目を向けると、喫煙スペースにあの人はいた。一瞬視線がぶつかった気がするけれど、気のせいだったのかもしれない。二人とも同時に、腫れ物に触れたかのように逸らしていた。

（今、帰ることになったら……）

楢原の存在が、陽介にまた思考の続きを促した。

今、あの町に帰ったら、月也は罪を犯すだろうか？　桂の「血」を絶やすために、死んでしまうだろうか？

「『完全犯罪』ってなんだろう」

雨がはねるビニール傘を見上げる。

よく、死体が見つからなければ――事件が発覚さえしなければ、完全犯罪を達成できるという。けれどこのご時世、人ひとりが消えただけで、すぐにでも事件化するだろう。ましてターゲットは「桂」だ。警察だけではなく、町全体で捜査網が組まれるだろう。

あの町は首都圏ほどではないけれど、どこに監視カメラが設置されているか分かったものじゃない。大体にして、スマホを持ち歩かれているだけで、誰にでも撮影できるチャンスが発生している。

衆人環視《しゅうじんかんし》を潜り抜けて、人を殺すことは可能だろうか。

(山で熊に襲わせるとか。不注意で草刈り機で首を刎ねるとか?)

草刈り機の事故は実際山で起きている。高速回転する丸い金属刃に脚を切断されたのは、確か山上《やまがみ》のおじさんだった。農薬散布車の下敷きになった人もいるし、果樹関係では、梯子が倒れて首つり状態になった人もいる。

毒キノコの食中毒。山菜採りに行った先での滑落。農薬の誤飲。チェーンソーの暴走。ガソリンタンクの引火……。

(農家って意外と命懸けだな)

昨年は、遠縁のおじいさんが、ビニールハウス内で熱中症になり死亡した。これだけ事故死があるのだから、一件くらいは「事件」が紛れているかもしれない。

けれど、と陽介は角を左折する。その先にスーパーが見えた。

けれど……どれも月也らしくない。

(「美学」っていうのはむかつくけど……)

わらべ唄での見立て殺人を考える。ペットボトルでの収斂火災により連続放火を実行する。他人を騙し自己の利益のために利用した二女を称賛する——そういう月也であるならば、事故と見分けがつかない「死」は選ばないのではないだろうか。

――第一犠牲者にしないでさ、次は自分かもしれないって精神的に追い詰めるのも楽しそうだよなぁ。

月也は言っていた。

この、追い詰めるために必要な条件は。わらべ唄や収斂火災に見られる共通点は。

「連続性」

くるくると閉じたビニール傘に袋をかぶせる。雨の日はこの手間が面倒だった。

（でも。連続なんて規則性を持たせたら……）

バレやすくなるのではないだろうか。ただ「桂」を絶えさせるのが目的ならば。それを「完全」にこなすのならば。連続性を考えるよりも、不規則な、ありふれた事故に混ぜ込んでしまう方が不運な偶然として――

（何考えてんだ、僕は）

暗い思考を助長する目元にかかる髪を払いのけて、陽介は店頭のアルコールを手のひらに吹きかけた。アルコール消毒液も入手困難な状況が続いているため、「おひとり様ワンプッシュまで」と注意書きが貼られている。

レジカゴが積み上げられた先のドアには、「おひとりでご来店ください」の赤文字。けれど店内は、それを無視したように家族連れが見られた。ニュースやネットによれば、最近はスーパーに買い物に行くことが唯一の息抜きになっているらしい。そのために、家族で押し寄せることを店側は嘆いていた。

「……」

けれど。家族の姿に陽介が抱くのは、怒りや不満ではない。言葉にはできない——言葉にしてはいけない感情。もやもやとする胸の内から目を逸らすように、ゆっくりと瞬いて緑色のカゴをつかんだ。

「嘘つき！」

陽介が入店するタイミングで甲高い声が上がる。自然、顔を向けると。野菜売り場で小学生と思われる男の子が、白髪交じりの男を睨み上げていた。男——父親は疲れ切った目元に困惑を浮かべて、無言で息子を見おろしている。

「あんたなんか大っ嫌いだ！」

子どもは叫び走り出す。父に背を向けて。父親は戸惑ったように手を伸ばしかけたけれど、追いかけることはなかった。むしろ逃げるように、店の奥へと歩き出す。

「……」

子どもは陽介の横を抜けて、外へと飛び出そうとした。けれど、雨に勢いを削がれたようだ。ぼたぼたと雫を垂らす軒下で足を止めた。

その後ろ姿は、小さく震えていた。

「……何？」

陽介はカゴを持ったまま、その子のとなりに並んだ。

「別に」

手の甲で目をこする男の子に短く答え、陽介は雨を見上げる。本当に、どうでもいいという気持ちもあった。同時に、放ってもおけなかった。

父と子。

あの一瞬に、陽介は自分を重ね見ていた。

「君は偉いね」

「……叫ぶよ？」

「ああ、さすがにそれは困るかな。おれはまだ、実家に連れ戻されたくはないから」

本音をため息に乗せ、陽介は足元に視線を落とした。スニーカーの色が変わっている。

今はさほど感じないが、いずれ中にも湿っぽさが広がるだろう。

憂鬱が増して、陽介はもう一つため息をこぼした。どうやらそれは、男の子を逆に心配させるくらいには重いものだったようだ。

「……なんか、大丈夫？」

「どうだろ。君は？」

「オレ？」

「人目もはばからずに叫んでたし。泣いてるみたいだったから」

「………」

「おれ……僕はね、父親に逆らえなかったんだ。『大嫌い』をぶつけることなんてできなかったから。だから君は、充分偉いと思うよ」

どうしてこんな話を、と陽介は心の中で首を捻る。十は離れているだろう子ども相手にどうして。初対面なのにどうして。

分からずに戸惑い、不安になっている気配を男の子は察したのだろう。叫ぶことも立ち去ることもなく、陽介と同じように濡れた爪先を見つめていた。

「誰に対しても丁寧で、町の相談役を買って出ているような物腰柔らかな人だから。厳しいことも暴力的なこともなかったけど、好かれるのが当たり前ってオーラでさ。僕はそれが嫌いだった。その人の子どもであるだけで『同じ』を求められるのも」

日下は、もしかすれば桂よりも古い。政治に興味を向けず、土地を守り、作物を育てること、町の民と共にあることを一番に考えてきたために、権力がないだけで。いや、あえて余計な「力」を持たなかったのかもしれない。

好《い》い人であるために。

そのために桂を祭り上げたのだとしたら、日下の業は深い。それこそ、月也に殺されても文句は言えないほどに。

本当は自分こそが、最もそばにいてはいけない存在なのかもしれない……。

さすがに子どもには打ち明けられない思考を脳内に留めて。陽介は結果として、純粋な弱音を吐き出した。

「僕が家族になろうなんて、傲慢なのかなぁ」

「……オレにはよく分かんないけど」

男の子は、そこにはない石を蹴るように、軽く右の爪先を振り上げた。

「家族って、言葉で言ってなれるもんなの？」

「……」

「あの人もうるっさいんだけど。父親になってみせるとか、母さんを幸せにしてみせるとか。すっげぇ胡散臭い」

「あー、本当の父親じゃなかったんだ」

だから、言い返すことも、追いかけることもできずに逃げていったのだ。己の観察力のなさに陽介は苦笑する。月也なら見抜いたのだろうと思わず考えてしまったことに、何とも言えない気持ちになった。

「でも。一緒に買い物には来るんだね」

「家にいても暇だから！」

男の子は自分を擁護するために、声を大きく張り上げた。拍子にずれた小さなマスクを直しながら、また、石を蹴る真似をする。

「それにあいつ、なんでも好きなもの買ってくれるって言ったし」

「ああ、それで『嘘つき』なのか」

「え？」

「叫んでたじゃん。そっか、欲しかったもの買ってもらえなかったのか……でも。野菜を欲しがるなんて珍しいね」

「………」

男の子は睨むように雨雲を見上げた。「だって」と少したためらうように言葉をもらす。

「母さん、病院から戻れないんだもん」

「……えっと、お大事に？」

「あー、違う違う。母さん看護師だから、全然帰ってこれなくて。だから、いつもは一緒に作ってたラディッシュ、今年は作れてないから……あの人も、テレワークだからオレの面倒見るとか言い出したくせに、家庭菜園だけはやってくれないし」

「それで、ラディッシュを買わせようとしたわけだ」

野菜好きの子どもは好印象だ。しかも自ら育てる意志もある。名も知らない少年に対して陽介は勝手に「将来有望」という評価を下した。一方で。

「君、そんなにラディッシュ好きなの？」

正直なところ、変わっているという印象もある。

ラディッシュ——別名、二十日大根。その名の通り生長が早く、種まき後、三週間から四週間で収穫可能。手のひらにすっぽり収まる大きさの丸もしくは楕円形の小ぶりの大根で、鮮やかな赤紫色の皮を持つものはサラダなどに彩りを添える。真夏と真冬を除けば、ほぼ通年で育てられる初心者向け根菜。日下家の栽培リストにはない。

要するに、十歳程度の子どもの頭に、パッと浮かぶような野菜ではない。メジャーな、それこそ青首大根を差し置いて欲しがられるようなものではないのだ。

「オレはそんなでもないけど、父さんが好きだったから」

「あー……」

陽介は眉を寄せると、手にしたままのレジカゴを握り直す。なんとなく話、というよりは、男の子の心の内が見えてきた。

――不審。

母も、再婚を考え親しくなろうとしている義父候補も、実父のことをなかったことにしようとしているのではないか。だから、男の子と父親の思い出たるラディッシュを育てようとしないのではないか。

その疑念が、彼を泣かせたのだ。

小さな肩を、震わせたのだ。

「君、時間ある？」

「まあ」

「じゃあちょっと、探偵呼び出してみるね。出るか分かんないけど」

は？　と胡散臭そうに瞬きをする男の子の前で、陽介はスマホを操作する。研究所に行った月也が応答するかどうかは賭けだったけれど、

『なんだよ』

ツーコールで応じたということは、どうやら手が空いていたようだ。陽介はスピーカーモードにすると、男の子に向けてにっこりと微笑んだ。

「ラディッシュは何故、少年を泣かせたか？」

『……背景の音からするに、近所のスーパーにいるようですね。そこで謎に出くわした。ということはタダ働きですか』

「さすが月也さん。まあ、タダが不満って言うならそこは解答次第で交渉してみるよ。たぶんこの謎の関係者、依頼人との関係のためならお小遣いくれると思うから」

『それで、概要は？』

声は低く淡々としているけれど、聞き取りにくさはなかった。月也の背後があまりにも静かだからだ。それは、本当に彼が研究所にいるのか分からないくらいに。

それでも。どこにいるのだとしても、時間があることだけは確かな様子だ。研究の邪魔にならないなら、と陽介は男の子の身に起きた、ラディッシュにまつわる些細な事件を伝える。

『実母も義父候補も、何故かラディッシュを育てたがらないわけですか。でも、実母については謎でもなんでもありませんよね。感染症の対応に振り回されて忙しいだけで、これまでは一緒に育ててくれたわけですから』

「二人を一緒に考えない方がいいってことかぁ」

『与えられた情報だけで論理を組み立てろ、と言うならですけどね。義父候補については少し気になることがあります。そこで依頼人にお聞きしたいんですけど』

陽介は男の子に視線を投げる。男の子は自分自身を指さすと、パチパチと数度瞬いた。

「オレ？」

『ほかにいないでしょう。さて、その義父候補についてですが……まず第一に、彼はラディッシュが実の父との思い出の作物であることは知っているんですよね？』

「うん。オレ、話したことあるし」

『なるほど。それで君は疑念を強めた、と。では第二点。義父候補は君の家で食事をとったことはありますか？』

「あるよ。こうなる前にもよく来てたし」

こうなる前、というのは感染症による混乱のことだろう。すると少なくとも、半年以上は付き合いのある関係のようだ。男の子との親密度を考えると、もっと前からの可能性もあった。

『では、食事にラディッシュが出ることもあったはずですね。その時、義父候補はどうしていましたか？』

「……あ。食べないっていうか、そういえば、母さんあの人にはサラダとか出さないんだよね。もしかしたらあの人、オレよりも子どもなんじゃないかな。生野菜ほとんど食わないもん」

『生野菜ですか……では、大根おろしなんかはどうでしたか？』

「まさか！」

男の子が答えるよりも早く、陽介は声を上げた。目を見開いてスマホ画面を見つめる。

そこにはマスクのせいで胡散臭い眼鏡顔しか映っていなかったけれど、月也の、悪魔のような三日月の笑みが見えるような気がした。

『よかった。今日の君は、眼鏡が曇っていないようですね』

「曇ってたようなもんだよ。これはおれのテリトリーの問題だったんだろ？」

『エクセレント。ではぼくは、検査の続きに戻ります』

余韻を与える間もなく月也は通話を終了する。陽介は苦笑して、スマホをジーンズの尻ポケットへ戻した。「さて」と少しだけ探偵を気取り、男の子へと向き直る。

「君はもし、一緒に育てた野菜を食べてくれなかったとしたら、どんな気持ちになる？」

「へ？　え、そりゃ悲しいけど……」

「そう。そしてそれは、君のお父さんになろうとしているあの人も同じなんだ」

男の子を誘うようにして、陽介は店内へと歩き始める。となりに並ぶようについてきたことを確認すると、さらに言葉を続けた。

「一緒にラディッシュを育てても、一緒に食べることはできない。そんな悲しいことになるくらいなら、最初から育てないことにしよう……彼は考えたんだ。でもこれは、そもそもの前提がおかしい。黙って悲しみを抱えるくらいなら、その前にやるべきことがあるんだから」

ふらふらと、その姿を捜して商品棚の間を歩き回る。男の子の義父候補は、乾麺コーナーにいた。そうめんとひやむぎで悩んでいるようだ。

「とりあえずおれのことは、親戚のお兄さんってことにしてくれる？」

そっと男の子の耳元に囁いて、まずは彼を義父候補のもとへと向かわせた。

「津留見《つるみ》サン」

どこか他人行儀に男の子が呼びかけると。津留見はギクリと肩を震わせて顔を向けた。

四十代と思われる目元にしては、白髪の多い頭を取り繕うように撫でながら、

「翔平《しょうへい》くん……」

「あのさ。親戚のオニイサンに会ったんだけど。なんか話があるってさ」

「え……」

あからさまに戸惑った様子の津留見が陽介を捉える。陽介はにっこりと――吐き気がするほど癪だけれど、父親を見て覚えた「人好きのする笑顔」を浮かべた。マスクで隠れた顔ではどれほど伝わったかは分からないけれど。その分、声音に気を遣う。

「はじめまして」

「はじめまして……」

「突然すみません。先ほど翔平くんと話していて気が付いたんですけど。津留見さんはもしかして、ジアスターゼに弱いのではありませんか？」

「ジアスターゼ？」

翔平と津留見がそっくりに目を瞬かせる。戸籍上はまだ他人の二人があまりに似ていることがおかしくて、陽介は軽く喉を震わせた。

「大根に含まれる消化酵素の一種です。炭水化物の分解を手助けしてくれますが、空腹時等、胃酸の状況や胃が弱い方には強く働きすぎ、胃痛等をもたらす原因となります。津留見さん、生の大根を食べるとお腹が痛くなるタイプでしょう？」

「あ、はい……」

陽介より一回り以上年上の津留見は、よく理解できないままに頷いている。陽介も、共感を示すように頷いてみせた。これも、父を見て覚えてしまったものだ。

「お気の毒です。そのために、大根おろしは食べられない。千切り大根の入った和風サラダにも手を付けられない。そして……ラディッシュを一緒に食べてあげることもできない」

「………」

「でもそれは、恥じらって隠すようなものではありません。立派なアレルギー症状です。食物、大根アレルギー。翔平くんはアレルギーの人を笑ったりする？」

「しないし。クラスにもそういうの結構いるし」

「そういうことです。もし本気で、翔平くんの父親になりたいと考えているなら、まずは自分の本当の姿を伝えることからではないですか？　ただ、ラディッシュを避けるだけでは」

陽介は一度口を閉ざす。

白々しさに胸やけがした。だから、こんな言い方を選ぶのは、ただの八つ当たりなのだろう。あるいは、結局は自分と月也は似ているから、かもしれない。

「本当の父親が好きだったラディッシュを拒絶する意味を、あなたは考えてみたことがありましたか？」

言い放って、陽介は二人に背を向ける。足早に人の少ないペット・文具コーナーの棚へと逃げると、がっくりと肩を落とした。

（やっちゃった……）

何も傷付ける必要はなかったのだ。あのタイミングで、あとは家庭科教育専攻らしく、ジアスターゼの対処法を伝えればいいだけだった。大根のジアスターゼは熱に弱いから、加熱したものを食べればいいのだ、と。おでんの大根は平気だったりしませんか、と和やかに話を終わらせればよかっただけなのに。

月也のようなうねりのない前髪をくしゃりと握りしめて、陽介はスマホを取り出す。トークアプリに結果報告のメッセージを送った。

【タダ働きにしてしまいました】

【だろうな】

また、月也は暇なのだろうか。すぐに返信がある。

【俺たちが真っ当に父親に向き合えるわけねぇよ】

【ですね】

【今日帰れねぇかも】

【は？】

【こっちもある意味タダ働き】

【何してるんですか？】

【ＰＣＲ検査の補助】

【ＰＣＲって】

既読が付かなくなった。陽介はただ、じっとスマホの画面を見つめる。

ＰＣＲ検査——これまでの陽介なら、相変わらず月也は訳の分からない理系の話をしていると聞き流していただろう。けれど今、その単語を聞いたことがない人の方が少ないのではないだろうか。

それは、新型感染症の感染を判断するための検査だ。少量のＤＮＡを増幅させることでその特徴を明らかにする。本当は、感染症専用の検査方法というわけじゃない、という話はニュースの合間に月也がしていたことだ。

（なんで先輩が、ＰＣＲ検査を？）

補助ということはそれそのものではないのだろうけれど。どういう経緯を辿れば、宇宙について研究している理系大学生が、タイムリーな仕事に携わることになるのだろうか。

（一体どこに出掛けてんだか）

首を捻り、陽介はスマホを尻ポケットへと戻す。とりあえず、できるだけ月也の好きなメニューを考えようと、鮮魚コーナーに向かった。

「やっぱ高いな」

煮魚向けの切り身に向かい陽介は舌打ちする。漁港まで車で一時間ほどだったあの町に比べて、首都圏のスーパーの値段はおかしい。鮮度にも疑問が生じる。

けれど。キヨの和食で育った月也が喜ぶのなら、一食くらいは大目に見てもいいかもしれない。

世界の破滅を望み、人間の破滅を喜ぶ彼が、人のために働いているのだから。

パウンドケーキを諦めれば、カレイの煮つけくらい作れるだろう。旬でもない、冷凍ものではあるけれど。

ギリギリまで値段を見極め、カゴへと入れる。

(……今日は帰れないかも、か)

それでも今日は、帰ってくるまで夕飯を待とう。初めての晩酌のために。マスクの下で少し呆れたように笑いながら、陽介はお酒コーナーへと足を向けた。

途中すれ違った津留見のカゴには、ラディッシュのパックが入っていた。

＊ゴールドフィッシュ［gold fish］金魚。人目にさらされた

第10話　ブラックシープの遺言

PCR検査に携わる人の忙しさを、陽介は本当の意味で理解していなかったようだ。月

也の帰りが当たり前のように遅く、ふらふらで、食欲をなくしている姿を見て、ようやく実感した。

これでは、学生アルバイトでも取りたくなるはずだ。

月也は臨床検査技師の資格を持たないから、周辺の雑務しか行えないけれど。これまで誰も予想していなかった、今という状況下では、その程度の人手すら重宝されたらしい。とはいえ、柔軟にアルバイト契約が成立した裏には、民間の研究所だったということもあるようだ。「陽介も来る?」などと、冗談めかされてしまった。

そんな、感染症前と同じ、それぞれのタイムスケジュールで動くようになってしまった結果。二本の缶チューハイはもう、五回の晩を冷蔵庫の中で過ごすことになっている。

(今日こそは呑めるかな)

研究所そのものが休みということで、今日、月也は久々の休日だ。朝からアルコール、というのはあまりに羽目を外し過ぎている。夜まで待って……と、陽介はなるべく明るいことを考えながら顔を洗った。

けれど。心の片隅では、楽しい晩酌など無理だと気付いている。

月也の目が暗い。

放火魔の夏の、あの時のように。あるいは、それ以上に。

「……」

ごわごわしたタオルで顔を拭きながら、陽介は眉を寄せる。きっと疲労のせいだ、と思おうとしてみる。瀕死状態の飲食業アルバイトに比べたら、収入の目処がついたのはいいことだろう、と。

だから、何かが起きるわけじゃない。完全犯罪の前兆でもないはずだ。

言い聞かせようとするけれど、陽介は納得できない。

前兆でないのだとしたら……節約をモットーにしていたくせに、部屋に持ち込んだ小さな冷温庫はなんなのだろうか。夜中喉が渇いた時、いちいちキッチンに行くのが面倒だから、などと言い訳していたけれど。それならそれで、どうして今まで買おうとしなかったのだろう？

（何を始めたんですか、先輩）

タオルを洗面台の横に引っ掛けて、陽介は眼鏡をかけた。鏡の中の自分と向き合ってみる。薄暗いオレンジ色のライトしかないせいか、自分の目も陰っているように見えた。

「僕はあなたを見つけられますか？」

鏡写しで動く唇はなんとも白々しい。自分自身に嘲笑われているような気がして、陽介は鏡に拳を叩きつけた。

いっそ割れてしまえばよかった。けれど、右下に古いヒビを持つ鏡はなかなかに頑丈だった。深くため息をつき、陽介は左右に頭を振る。今日は月也の休日だ。これ以上堕ちないように、手を伸ばさなければならない。

（「家族」になろうとしている人がいることに、気付いてください）

祈る気持ちでキッチンへと向かう。まずは朝ごはんの準備だ。久々に、月也の好きな玉子サンドでも作ることにしよう。

冷蔵庫を開けたところで、陽介は首をかしげた。

(二個足りない?)

卵ポケットに並ぶ数が、陽介の記憶よりも少なくなっている。いちいち記録を残しているわけではないけれど、買い出しのタイミングを考え、個数には自然と注意していた。勘違いではないはずだ。

(先輩が食べた?)

遅く帰ってきた日に玉子かけご飯にして——ということはあり得ない。月也は生卵を得意としていない。かといって、調理するはずもない。

「……」

やはり、何か起き始めている。何が? 分からないけれど、この卵の量では玉子サンドは難しい。陽介はメニューをハムエッグへと変更した。

マーガリンを塗ったトーストとカフェオレを用意し終えると、いつものようにソファを乗り越える。ふすまを開け放った。

大声で起こすまでもなく、月也はパソコンに向かっていた。研究所でのアルバイトのせいで、レポート作成が押しているのかもしれない。

「……バイト、辞めたらどうですか。学業が本業でしょう?」

「ああ。昨日で辞めてきた。向こうとしては、いつでも戻ってきてくださいって感じだったけどな」

え、と陽介は瞬く。拍子抜けだ。てっきり研究所が「完全犯罪」に必要なのかと思っていたけれど。

いや……不要になったから、辞めるのかもしれない。そこまで計画が進んでいるのだとしたら、自分にできることはなんなのだろうか。陽介は体の横で右手を強く握りしめた。

「朝ごはんできました。冷めないうちに」

できる限りに微笑んだ。

月也はゆっくりと瞬くと、斜めに視線を落とす。そうして、まるで陽介から逃げるかのように窓を向いた。

「……雨だな」

「梅雨ですから」

「お前がこの部屋に来た日も雨だったな」

ああ、と陽介は、少し呆れた気持ちで角ばった耳を掻いた。「僕は雨男ですから」と。

その上あの日は寒《かん》の戻りがひどく、三月も終わりの首都圏だというのに凍えそうなほどに寒かった。

「なのに先輩ときたら。入学祝いってアイスケーキ準備してたんですよね」

「前日までは二十度超えてたんだよ。誰がお前が来る日に限って、最高気温八度まで下がると思うかよ」

「まあ、嬉しかったですよ。荷解きよりも、誰かさんが散らかしっぱなしにしていた部屋の掃除の方が大変でしたけど」

「……」

「でも。一年違うだけで僕は、ここへは来れなかったかもしれないんですね」

新型感染症の影響で、せっかく進学できたというのに引っ越すことができないという話題もあった。それでも家賃は発生して、けれど引き払うこともできず。

その差が、たった一年で生じている。

だとしたら、一年後はどうなっているのだろうか。二年後は……。

「先輩。ごはん冷めます」

「ああ」

月也が立ち上がるのを見届けると、陽介は丸テーブルに向かった。背もたれを乗り越えて陽介が座ったタイミングで、月也もソファを滑るように越えてくる。疲れを滲ませて大きなあくびをこぼすと、陽介のとなり、朝食の前に胡坐をかいた。

「玉子サンドじゃないのか」

いただきます、よりも先に文句が聞こえてくる。陽介は食事に向かって両手を合わせながら口を尖らせた。

「どういうわけか卵の残数が変わっていたので」

「………」

「二個。どこに消えたんだと思いますか？」

「……いただきます」

話を逸らす努力すら見せずに月也はトーストにかじりついた。陽介はカフェオレにため息を吹きかける。

「おれが」

不安を紛らわすように、一口すする。けれど、甘さを控えめにしたカフェオレは、さほど陽介の心を慰めはしなかった。

「どうして科学部に入ったか分かる？」

「……今まで考えたこともありませんでしたけど。思えば奇妙な話ですね。もともと接点が多いとは言えませんでしたけど、なんとなく、陽介くんの態度には、ぼくに対する嫌悪のようなものが滲んでいましたから」

「うん。大っ嫌いだった」

それはほとんど脊髄反射的と言っていい。とにかく嫌いだった。桂の父親とは違う物静かな態度で、偉ぶることなく、孤独であることを選んでいるところが鼻について仕方がなかった。

「今思えば、同族嫌悪だったんだと思う。月也さんもおれのこと嫌いだっただろ？」

「あー……」

目玉焼きの黄身を崩し、醤油を垂らし込みながら、月也は苦笑した。

「邪魔だな、とは思ってましたね。部活時間はぼくが一人で羽を伸ばせる貴重な時間でしたから」

「だからちょうどいいと思ったんだ。この人とは表面上だけの、薄っぺらい関係だけで済むって。わずらわしい人付き合いなんて生じないと……思っていたんですけどね」

「ひどい腐れ縁になっちまったな」

「嫌ですか？」

「……………」

陽介の予想の通りに月也は答えなかった。代わりに、誤魔化すようにテレビを点ける。もう何度目になるかも分からない、すっかり当たり前になってしまった新型感染症のニュースが流れ始めた。

『……高齢の方、高血圧や糖尿病などの基礎疾患をお持ちの方は重症化のリスクが――』

「桂議員って糖尿病じゃなかったでしたっけ？」

「贅沢なもんばっか食ってるくせに運動しねぇからな。自業自得っても、俺の手にかからずに死なれるのはムカつくな」

「また、飯の不味くなる話を……」

「大丈夫。どんな状況でも陽介の飯は美味いから」

ケラケラと月也は笑う。むかつく、と呟いて陽介はトーストをかじった。

おつとめ品として格安で購入し、冷凍保存しておいた食パンだけれど。霧吹きで水分を与え、トースターではなくフライパンで様子を見ながら焼き上げた甲斐があった。さっくり、しっとりした仕上がりになっている。

そんな手間も、月也は知らないだろう。どうして、それほど手間をかけられるのかも分かっていないだろう。

「どうして僕のご飯が美味しいか分かりますか？」

「趣味だからじゃねぇの」

「愛ですよ」

「重いなぁ」

「確かに！」

陽介は笑い飛ばす。月也も笑って、ハムエッグの皿に残った玉子と醤油を、トーストで拭い取った。その手元を何気なく目に映していた陽介は、なんとも言えず苦い気持ちになった。

それは、陽介の癖だった。食器洗いの手間を省きたいのと、半熟たまごを最後まで味わいたいのとで。その癖がいつの間にか月也にもうつっていたのだ。

こうして、並んで食事をしてきたから。

そこに二人の時間の流れを感じて、陽介は、そっと目を伏せた。

「先輩」

「ん？」

「……昨日、依頼があったんです。先輩がバイト中に。依頼人も急ぎではないようだったので返答を待ってもらっています。食事が済んだら確認してください」

「別に。お前でも対応できるんじゃねぇの」

「理系探偵は月也先輩ですから」

そっと微笑んで食器を片付ける。スマホを月也に渡し、陽介は洗い物を優先した。依頼文は昨日見ている。今、一緒に見る必要はなかった。


【ニックネーム　スタンドバイミーさん】

初めまして、理系探偵さん。

他の方の評価を読み、それなりに信頼できると判断しました。また、ネットワーク探偵というのが今の時代を反映しているようで面白いですね。

さて。依頼というのは祖母の遺言のことなのです。

この祖母というのがちょっとした変わり者で、家族からは煙たがられていました。とはいえ、変わり者といっても、他人に迷惑をかけるようなタイプではなくって、ちょっと変な趣味というか、遊びをしていたってだけなんですけど……。

その遊びというのが、いわゆる「お人形遊び」なんですが。お人形は祖母の手作りで、町内会の人と家族（私が生まれる前、父がまだ高校生の頃のようです。父と叔母と叔父の三人と、祖父母の家族です）の人形があります。

それと、私が生まれてすぐに亡くなった祖父が作ったものになりますが、ミニチュアハウス。そこを舞台にした人形遊びばかりを、祖母は入院する直前までしていました。

その内容がまた、奇妙なのです。

いっつも同じ台本で、祖父を犯人にした盗難事件ばっかり！

これだから「変わり者」にされてしまって。父も母もいい顔をしなくって、なんとなく私だけが、祖母の遊び相手——この、奇妙な人形遊びを一緒にしていました。まあ、私の場合は、両親とも働いていて、面倒を見てくれたのがおばあちゃんだけで。変な人形遊びでも、一緒に遊んでくれるというだけで楽しかったのかもしれません。

そんな、変わり者の祖母が、先月他界してしまったのですが……。

こんな情勢ですから、せっかく大学もなかったというのに、最近はお見舞いにも行けないような有様でした。ですから、死に目にも間に合わなかったのですが。

祖母は死期を悟っていたらしく、看護師さんに伝言、いえ、遺言というべきでしょうか。遺言を残していてくれたのです。

それはこういったものでした。

「おじいちゃんの無実を信じてあげて」

ずっと、祖父を犯人にしていたのは祖母なのに。一体この言葉は、どういう意味なのでしょうか……。

理系探偵さんならお分かりになりますか？


【スキル提供者　理系探偵】

初めまして。ご依頼ありがとうございます。

理系探偵は今所用で出張中のため、助手である私が取り急ぎご挨拶いたします。

スタンドバイミー様のご依頼、大変興味深く感じました。おそらく探偵も興味を向けることでしょう。

なので、依頼を引き受けることを前提に、あらかじめお聞きしておきたいのですが。

おばあ様の人形遊びの内容を、できる限り詳細にお教え頂くことは可能でしょうか？

探偵が留守のため、すぐに推理を披露できなくて申し訳ありませんが……事前に情報を頂いておけば、それだけスムーズに事を運べると思うのです。


【ニックネーム　スタンドバイミーさん】

急ぐ依頼でもありませんので……

人形遊びの舞台、祖父が作ったミニチュアハウスは、自治会館になります。といっても田舎のことなので、平屋建ての簡素なものです。

出入口は観音開きの玄関の一か所だけ。窓は何か所かあります。

玄関を入ってすぐがちょっとした給湯室。左手に、何畳かは分かりませんが、自治会の人が集まれる広い一室があります。部屋としてはこの二つと、長机や座布団をしまっておく収納スペースくらいです。

そして、流し台の下の収納に、自治会費の入った金庫を隠しておくというのが、当時の習慣だったそうです。

盗難事件というのは、この金庫が盗まれた、という話になります。

しかも、密室から——


「……月也先輩にぴったりの依頼でしょう？」

紅茶の入ったマグカップを運んできた陽介は、床に胡坐をかいたままの月也の前、テーブルの上に白いカップを置いた。自身の黒いカップは両手で掴んで、ソファの左端に膝を抱えるように座る。

月也はまだ読み途中だったらしい。左手に持ったスマホから目を外すことなく、右手の感覚だけでカップをつかんだ。


——とはいえ、その密室問題は、祖父を犯人にすることで解決しました。

何故なら、祖父が自治会館の鍵当番だったからです。鍵を持っていれば、密室だろうと関係ありませんから……。

何より祖父が黙秘を通したために、金庫盗難事件の犯人は祖父として、片付けられてしまいました。幸いだったのは、いえ、幸いと言っていいのか分かりませんが、自治会の恥を世間に知られたくないと、警察沙汰にはならなかったことです。

こうして祖父は、死ぬまで金庫泥棒として、近所の人から白い目で見られることとなりました。

けれど祖母だけは、祖父の無実を信じていたみたいですね。きっとあの人形遊びは、祖母なりの現場検証だったのでしょう。

遺言を聞くまで気付かなかったことが悔しくて、恥ずかしいです……。


「なるほどねぇ」

月也はテーブルにスマホを置くと、静かに紅茶をすすった。その顔を覗き込むようにして陽介は首をかしげる。さらさらと前髪が落ちかかった。

「解けましたか」

「まあ、可能性としてあり得そうなことなら分かるけど。それには少し、確かめたいことがあるな」

そういう月也はスマホを置いたままだ。確認事項があるなら、さっさとメールを出せばいいものを。ティーバッグの安っぽい香りを吸い込んで、陽介は軽く眉を寄せた。

「……何、企んでるんですか？」

「人聞きの悪い眼鏡の曇り方だなぁ。俺はただ……ぼくはただ、どうにかして陽介くんを退席させられないかと考えているだけです」

「はぁ？」

「いいですか、陽介くん」

背中を反らせるようにして顔を向けた月也は、ぴん、とまっすぐに人差し指を立てた。

「一つ確かなことは、事件が発生している以上、誰かが犯人ではなくなるということは別の誰かが犯人になるということなんですよ」

「当たり前の話だよね、それ」

「その話を伝えるためには、君の存在は邪魔です」

「なんでだよ」

「君は人を――依頼人を傷つけられないでしょう？」

暗い目が問いかけてくる。まっすぐに。陽介は眉間のしわを一層深くして唇を噛んだ。

カップの持ち手にかかった右手、親指の付け根の傷を睨んでから、

「僕は……」

何か言い返そうとした。けれど言葉は続かなかった。

――傷つけられない。

その言葉を否定する言葉を、陽介は持っていなかった。

「ぼくなりの恩情です。陽介くんは退席してください。不倫問題の時とはわけが違う。この件は、のらりくらりとした誤魔化しで解決する案件じゃありません」

「だからって……僕は、あなた一人を憎まれ役にはできません。僕自身が、そうやって見捨てたくないんです」

「うぜぇな」

「うざくて結構。月也先輩。先輩にとって僕はそんなに頼りないですか？　信用できませんか？　確かに傷つけるのも傷つくのも嫌ですよ。それでも……それでもどんなに矛盾してたって、あの夏にはもう、一緒に傷ついてやる覚悟はできてるんです。そうじゃなかったら、僕はあの時、先輩を放火犯として告発しています」

「………」

「だから絶対に、僕はここをどきません」

ふん、と鼻を鳴らし、陽介は背もたれに深く寄りかかった。月也はぐしゃぐしゃと髪を掻き乱す。大きく息を吐き出すと、

「だったら絶対に口出しするなよ」

強く念を押して、依頼人にメールを送った。

【真相については、ぼくの口から直接お伝えしたいと考えます。こちらはいつでも構いませんから、依頼人の都合のいい時に、サウンドオンリーでライブ通信をお願いします】

すぐさま、アプリを通して着信がある。依頼メールにあった通り学生だからだろう。学校は感染症の拡大を恐れ、通学に制限をかけているところが多い。要するに、学生は今、時間を自由に使えるのだ。

『……あの。はじめまして』

スマホから流れてきた声は、想像よりもずっと低く太い――男性のものだった。「お人形遊び」から勝手に女性をイメージしてしまったことを、陽介は心の中で反省する。

同じ思いは月也も抱いたのかもしれない。整った眉をピクリと動かし、彼は小さく咳払いをした。

「はじめまして。貴重なお時間を頂けること、感謝します」

『あ、いえ……それで。直接話したいとは、どういうことなのでしょうか』

「ええ。その前に二点、確認させていただきたいのですが」

『はい』

「まずは一点目」

月也はサウンドオンリーにしたスマホに向けて、右手の人差し指を立てた。相手に見えないと分かっていてもつけてしまう身振りは、探偵役になり切るためなのか。少しばかり滑稽に見えて、陽介はマグカップの中に声を出さない笑いをもらした。

「あなたは父親をどう思っていますか？」

鼓膜に入ってきた言葉に、軽い笑いは跡形もなく吹き飛んだ。その問いを発した月也の横顔は、秋の夜長に浮かぶ月のように、クリアで静かだった。

『どう思うか、ですか。祖母、実の母に対して冷たかったところは、あまり好きにはなれませんが……それ以外は、普通、としか言いようがないかもしれません。最低限、オレを大学に通わせてくれているので、まったく感謝がないとも言えませんし……あ！　一言で言えば「空気」です。ないと困るけど、普段はちっとも気にならない存在。当たり前すぎるとかえって分からないって感じです』

「………」

パチパチという音が聞こえそうなほど大袈裟に瞬いて、月也は陽介を振り返る。立てていた人差し指でスマホを示し、首を捻った。

――こいつ、何言ってるの？

そういう疑問が伝わってくる。陽介も大袈裟に左右に首を振った。落ちかけた眼鏡を直しながら、ロパクだけで伝える。

――分かりません！

同じ男子で。同じ年代で。どうして父親を「空気」と表現できるのだろうか。あれはそんな無害なものではなく、「毒」だったはずなのに。

月也はすっかり気力をそがれたようで、気怠そうにテーブルに頬杖をついた。

「……では。空気が少し濁るようなことになっても構いませんね」

『え？　まあ』

「二つ目の質問です。金庫が盗まれた当時、あなたの父親は高校生だったということですが、それは高校三年生、就職かあるいは進学が決まった頃ではありませんでしたか？」

『えっと……そうだった気がします。父は大卒なんで、たぶん進学ですね』

「だからです。動機についてはぼくの空想になりますが、受験ストレスから解放されて魔が差したとかその程度のことでしょう。あなたの父親は、自治会館から金庫を盗み出したんです。当然、密室の必要はありません。鍵は家にあったのですから」

『え……』

「おじいさんはすぐにそのことに気付き、罪をかぶることにした。子どもの未来を守ろうなんて、健気で馬鹿げてますね。よくそれで、子が真っ当に育ったものです。罪を償うという当たり前のこともさせてもらえなかったというのに」

月也の言葉に空気が濁っていく。それは陽介のいる部屋にとどまらず、おそらく、スマホを通した向こうの空間までも。

毒が、広まっていく。

「いえ、真っ当には育っていませんでしたね。おばあさんと呼べばいいのか母と呼べばいいのか、その人を冷遇したんですから。どうしてか、依頼人でも想像できるのではありませんか？」

『あの、人形遊び……』

「そうです。おばあさんとしては、本当に真実を知りたかっただけなのでしょう。それほどまでにおじいさんを信じていた。白々しいくらいによくできた夫婦愛ですね。けれど、その『遊び』は、依頼人の父からすれば無言の責め苦だった。だから否定し、おばあさんの方をのけ者にすることで、自身の立ち位置を確保しようとしたんです」

ふぅっと、月也は呆れをたっぷりと滲ませた息を吐きだした。

「なんとも馬鹿らしい。それが、あなたが『空気』とする、父親の本当の姿です」

『……』

「ああ、もしかすると。おじいさんもどこかで自責の念を感じていたのかもしれませんね。でも、今更本当のことを口にすることはできなかった。だから、おばあさんの人形遊びに付き合って、自治会館の模型なんかこしらえたのかもしれません」

『そんな……』

「いかがでしょう？　以上が、おばあさんの遺言への答えです」

『……そんな。そんなのが答えだったら、一体オレはどうしたら！』

「どうしたら、ですか。そうですね……一つ目の質問で、依頼人が父親をどう思っているかを聞いたのは、実はそのことと関係があるんです。なんらかの恨みなどを抱えているのなら、報復のネタにできると考えましたし。でも、あなたは『空気』とおっしゃった。空気をどう清浄するかは依頼人の自由ですが。こうして汚れてしまった空気はやはり」

ぷつ、と通話が終わる。

スマホ画面に人差し指を突き立てて、陽介は唇を噛みしめた。視線で、鋭く月也を刺しにかかる。つまらなそうに舌打ちした彼は、頬杖を外すと、ぱったりとテーブルに突っ伏した。

「確かに、口出しはしてねぇな」

「ええ。文句があるなら、今度は手出しも禁止してください」

「……ったくさ。あの町もそうだけど、なんだってこうセキュリティが甘いんだろうな。普通金庫なんて自治会館に置いとかねぇだろ。きっちり口座作るなり、今なら電子マネーにするなりしときゃあ、こういうことも起こらねぇだろうにさ」

「そうですね」

スマホから指を離し、陽介は充電器につないだ。そのままぼんやりと立ち尽くし、自室の向こうの窓へと視線を投げた。

雨が降っている。

音もなく、薄暗く。雨が降っている。

「……先輩は」

もしかして、完全犯罪計画を思い付いたんですか？　頭に浮かぶ言葉を、陽介は声にできなかった。聞いたところで答えてはくれないという諦めと、聞いてもし答えを返されたとしても、それを信じられないだろうという不安から、声にできなかった。

「雨って好きですか？」

何を誤魔化そうとしたのかも分からない問い掛けに、月也も外へ目を向ける。左の頬をテーブルにつけたまま、しとしとと降り続ける雨を見つめた彼は。

「梅雨の雨は嫌いだな」

右手で左脇腹を押さえる。ああ、と陽介はうつむいて、小さく「ごめん」と呟くことになってしまった。

それきり、それぞれの部屋で一日を過ごして。

昼も夜も、ほとんど言葉を交わさなかったせいかもしれない。予兆はあったのに、止めることができなかったのは、陽介の弱さのせいだろう。

どこかのタイミングで動けていたなら……。

翌朝。月也がこんな書置きを残し、出て行くこともなかったのだろう。

Thank you anyway.
XOXO

＊ブラックシープ［black sheep］（一家の）つらよごし、厄介者、持て余し者、異端者

第11話　ブルーバード

Thank you anyway.
XOXO

ルーズリーフを半分に破いただけの素っ気ない紙の中、月也の字はとても綺麗だった。丸いリビングテーブルの上に置き去りにされていたそれを右手に握りしめ、陽介は玄関に走った。

『おはようございます！』

習慣で点けたテレビの中、アナウンサーのおじさんは今日も溌溂《はつらつ》としている。六月二十六日金曜日。意識しないと忘れそうになる「平日」を告げて、最初のニュースを読み上げ始めた。

今日も、新型感染症の話題から。世界で感染拡大が止まらない……。

昨日の朝と変わらないニュースとは違って、コンクリートが剥き出しの三和土《たたき》の上、スニーカーは一人分少なかった。当たり前の、大きい方。月也はもう家にはいない。

Thank you anyway.

ありがとう、などと残していった彼のすることは。

XOXO

親愛を込めて、などと言えてしまった彼のすることは――

「先輩！」

重い金属の扉に向かって叫び、陽介は裸足のまま飛び出した。

雨だ。

朝からしっかりと外廊下に吹き込む雨が、陽介の足を濡らした。その冷たさにハッとした。追いかけてはいけない、と。月也を追いかけてあの町に向かったら、きっと、陽介は戻れなくなるだろう。

宿もなく駅からの交通も不便な町だから、どうしても実家を頼らざるを得ない。そうして「家」に戻ったら最後、陽介は離れられなくなることを分かっていた。

首都圏になど行くな、と言われたら動けなくなってしまうことを分かっていた。

ここまで逃げてきたつもりでいる。

けれど、逃げるための金銭を、結局は親に頼っているからだ。何より、健康を案じられまっすぐに心配を向けられたら、祖母に泣かれたら、陽介は動けない。

月也ほどの覚悟も、怨嗟《えんさ》も抱えてはいないから。

目の前にいる、傷付いている人に流されてしまうだろう。

「…………」

陽介はわざと外廊下の落下防止柵に向かった。眼鏡を外し、顔を突き上げて、目を閉じる。瞼に雨を受け止めて、冷たく湿った空気を吸い込んで、肺の中から頭を冷やす。

(僕がやるべきことは……)

ここを――「二人の家」を守ること、だ。

そのためには月也を止めなければならない。「ありがとう、親愛を込めて」などと、柄にもない言葉を残していった彼のすることなど、完全犯罪以外にはないのだ。

それを止める。

この場所から。二人の家から。

あと二年だけでもいい、この暮らしを守るために。月也を取り戻さなければならない。完全犯罪を遂げ、自らの死をもって「桂」を終わらせてしまう前に……。

「ありがとう、くらい直接言えよ」

わざとらしく、僕の苦手な英語で残していきやがって！　腹立たしさに手紙を握り潰し、陽介は室内へと戻る。足の裏に感じる砂利をズボンの裾で拭いながら、居間を目指した。手放してはいけない気がして、手紙を尻ポケットにねじ込む。空いた手で、丸テーブルの上で充電中のスマホを手にした。

一度目を閉じる。

先ほど、冷静さを与えてくれた雨音に耳を澄ました。

胸の中にはまだ、走り出したい気持ちが残っている。本当はロジックなど得意ではないから。「名探偵」などではないから。

けれど。月也は解かれることを望んでいる……そう、信じたかった。置き手紙はそのための「依頼書」で、「遺書」ではないと信じたかった。

陽介は目を開き、眼鏡の位置を直す。パターンロックを解除した。念のため、と通話履歴の月也の名前に指先を向ける。発信したい気持ちを、数ミリのところで抑えた。

もし今、月也につながったとしても。話せることが何もなかった。

論理性のない無言など、彼が認めるわけがない。陽介も、そんなくだらない電話は嫌だった。かけるとしたら「止められる」と確信した時だ。

（さて。先輩は今どこにいるのやら）

昨日の夜、十時までは姿を確認している。ということは、その日のうちに新幹線に乗ることはできなかったはずだ。となれば、夜行バスに乗ったかもしれない。

検索してみれば、二十二時五十五分発のダイヤがあった。

それに乗ったとして、あの町最寄りの停車場到着予定時刻は、八時四十分。

（現在時刻は六時十三分……まだバスの中か）

とはいえバスを使ったとは限らない。夜中ではなく、早朝、駅に向かったとして。東北新幹線の始発は六時三十二分。最寄り駅到着予定時刻は九時二十一分。

（レンタカーは足がつくし。ヒッチハイクも「誰かの記憶に残る」から、たぶん先輩ならそんな手は使わない）

無造作にスマホをトースターの上に置き、陽介は炊飯窯をつかんだ。糖分が不足すればまともな思考もできなくなる。それに、調理中の方が頭の働きがいいことを、陽介自身は分かっていた。

だから米を研ぐ。つい、二人分にしていたとしても。

（先輩の移動手段がバスか新幹線だとして……タイムリミットはおおよそ九時半か）

夜行バスならあの町の近くに八時四十分までには着けるけれど。そこからあの町を目指すとなると、普通列車への乗り換え、さらにバスまたはタクシーを使う必要がある。順調にいって、到着できるのが九時半だ。

残り約三時間。

その間に月也の計画を暴き出し、説き伏せる。完全犯罪は見抜いたから、もう、完全などではない、と。「こちら」に戻ってくるように、と。

(ヒントはたぶん、PCR検査)

炊飯ボタンを押し、電子的な短いメロディーを聞きながら、陽介は野菜室を開ける。できるだけ手間を要しそうなメニューを考えた。

人参とジャガイモ。玉ねぎ。キャベツ。ピーマン。ひき肉はまだ冷凍に回していないから、ピーマンの肉詰めとミネストローネ風のスープでも作れば、当分包丁や木べらを握っていられそうだ。数日分の食材を使い切ることにはなるけれど、緊急事態だと判断しよう。

(研究所で完全犯罪のヒントを見つけた可能性が一番だけど)

硫化アリルの刺激を受けながら玉ねぎをみじん切りにする。ミネストローネ分を皿に残し、ステンレス鍋に入れた。木べらを握り、飴色玉ねぎの作成を始める。在庫全部を刻んでしまったから、ピーマンの肉詰めには多すぎる量だ。余った分は冷凍保存しよう、考えるともなしに決めて、陽介は思考を月也のことへと戻す。

(他におかしいことって言ったら、冷温庫と、消えた二個の卵か)

冷温庫の中は昨晩、月也の入浴中に確認してあった。

体温程度のぬるい温度に設定された冷温庫に入っていたのは、二八〇ミリのミニペットボトル二本。どちらもオレンジジュースのラベルが巻かれていたけれど、どことなく色がおかしかった。

　しかも、どちらも開封済みで、容器の底二センチも満たない分量しか入っていなかったように思う。

「……まさか、あれが卵？」

　数も色合いも一致する。では、消えた卵の行方がそうだったとして。月也はなんのために卵液を保存していたのだろうか。

（駄目だ。腐る未来しか見えない）

　唸りながら陽介は鍋を掻き混ぜる。玉ねぎはそう簡単に飴色になるものでもない。分かっていて始めたことだけれど、手首にたまる疲労ばかりは好ましくなかった。

（腐った卵は、毒っちゃ毒だけどなぁ）

　殻に付着しているサルモネラ菌が混入していたとしたら、意図的に食中毒を起こすための素材にはなるかもしれない。とはいえ、サルモネラ菌による食中毒程度では、月也の望む「死」をもたらすことはできないだろう。

　しかしながら……陽介は何か一端を捕まえた気がした。

（卵は「菌を増やす」んだよな）

　木べらを持つ手を右から左へと変えた。右腕を伸ばし、トースターの上からスマホを取る。

（例えばもし、新型感染症のウイルスを、自宅で増やそうとしたんだとしたら？）

それならば、ＰＣＲ検査についても筋が通る。アルバイトとして研究所に取り入ることで、検体を盗み出したのだとしたら。それを自家培養し、高齢化の進むあの町にばら撒くという、生物テロを――それはもはや「完全犯罪」ではない。

陽介はため息をこぼす。念のため、知識を増やしヒントとするために、検索を始めた。

「卵・ウイルス・増やし方」というキーワードで。

検索結果として出てきたのは、インフルエンザワクチンの作り方だった。いくつか挙がる候補から陽介がＪＡグループのサイトを選んだのは、根強く染みついた農家の血のためかもしれない。

それによると、確かに卵によってウイルスは増えている。けれど、そのために使われる鶏卵は、有精卵だ。さらに正確に言えば、使用されるのは「孵化鶏卵《ふかけいらん》」。胚《はい》を成長させている途中の、ヒヨコになる前の卵だという。

孵化鶏卵を使う理由は、ウイルスを増殖させるには「生きた細胞に感染させる」必要があるためだ。

その上、三十七度に温め、発育途中の状態を維持しなければならない……。

「無理じゃん」

スマホに向け、陽介は思わずツッコミを入れた。

月也が盗んだ食用卵は、当然ながら無精卵。胚など形成されず、生きた細胞でもない。

温度だけを近付けたところで、一体何になったというのだろうか。

やはりただ、サルモネラ中毒液でも作ろうとした、ということだろうか？

「……」

何かおかしい。つかみかけたと思ったしっぽが、するりと手から抜けていった感覚がある。陽介はスマホを尻ポケットに押し込むと、木べらを右手に持ち直した。玉ねぎは、だいぶ色づいてきている。

（理系探偵たる桂月也が、この程度のことを知らないはずがない）

知っていて、月也は「意味のない行動」を陽介に見せていたのだ。つまりこの、「明らかに怪しい行動」によって隠された「真相」があるということだ。

「マジかぁ……」

さすがに、あの夏のようにはいかないらしい。

（だから言ったじゃないですか。僕は名探偵なんかじゃないって！）

恨みを込めつつ、飴色になった玉ねぎを耐熱ガラスのボウルに移す。粗熱を取っている間に、今度はミネストローネの下準備に取り掛かった。ひたすらに、野菜を細かく刻んでいく。

（飴色になるまで約二十分だから、残り時間は、二時間半）

調理工程を時計代わりに判断して、陽介はさっさと次を考え始める。あからさまに目立った計画の裏で、月也はどんなプランを練り上げたのか……。

（しかし先輩、ペットボトル好きだな）

何も思いつけずに、陽介は笑った。

高校の時はペットボトルで収斂火災を起こした。今回は、完全犯罪計画ではないとはいえ、ペットボトルで菌の培養なんかを企んでみせた。

「もしかして本当は、あれから、少しも変わってないのかな」

ミスリードを用意するくらい、思考の範囲が広がっているとしても。それを実行する「桂月也」という人の心は、変わってはいないのかもしれない。

「先輩は……」

玉ねぎを炒めた鍋の中に、細かく切った人参、ジャガイモ、玉ねぎ、キャベツの芯を入れる。洗う手間を省きつつ、取り残しの飴色玉ねぎのコクも期待できる、一石二鳥の手法だ。焦げ付きが気になるから、すぐに水とトマト缶を加えて火にかける。

深いため息をローリエに吹きかけて、一緒に煮込み始めた。

（あの夏から変わってないんですか）

お互いを見つけた、腐れ縁の始まりの日。あの日から、完全犯罪を胸に宿す危うい彼を引き留めたくて、「家族」になる方法まで考えてみたけれど。

一緒に暮らしてきて、月也は何も思わなかったのだろうか？

（先輩には、何も伝わってなかったのかなぁ）

虚しさに目が痛む。きっと玉ねぎを刻み過ぎたせいだ。そういうことにして、陽介は今日使わない分の飴色玉ねぎを保存しようと、棚の引き出しを開けた。箱からチャック付きポリ袋を取り出した時、強く違和感を覚えた。

（そういえば、なんであそこに……？）

誕生日の朝。月也が研究所と関わることになった日。ごちゃごちゃと散らかったテーブルの上には、確かにチャック付きポリ袋があった。

（レポートに使うようなものじゃない、よな）

何か別の意図があったのではないか。箱から一枚取り出して、陽介は透明な袋を目の高さに掲げてみる。保存袋なのだから、用途としては、何かを入れたはずだ。

（何を入れた？）

何が入っていただろうか。思い出そうとしても、記憶の中のポリ袋は空っぽだ。ぺたんと潰れていて、何か入っていたようには思えなかった。

「ああもう！」

自分の記憶力、観察力の頼りなさに腹が立ち、陽介は袋を持たない手で頭を掻き乱す。

それが、指に絡まる髪の毛が、陽介に気付きをもたらした。

「まさか、ＰＣＲ検査って……」

あれは、今でこそ新型感染症の検査として有名だけれど。もともとは、感染しているかどうかを調べるためだけの検査方法ではなかった。

ＰＣＲ法が行っているのは、ＤＮＡの増幅だ。そうして増やすことによって、ＤＮＡの特徴を明確にするというのが本来の検査目的で。

その検査そのものを、月也は利用したかったのだろう。だから、宇宙を研究しているはずの理科大学生が、分野違いの生命工学の教授を頼り、その手の研究機関に入り込んだ。

月也はただ、DNAを解明したかったのだ。

PCR法を始めとする方法で、DNAのパターンを知ろうとしただけだったのだとしたら……陽介はもう一度、誕生日の朝を思い出した。

ひどい起こされ方だった。髪の毛が抜けるほどの。

（まさか、先輩の本当の目的は、「兄弟鑑定」？）

他に毛髪を必要とする理由が、DNAを研究対象としている機関に行く理由があるだろうか。そこでバイトを始めたのも、安くはない鑑定料と引き換えにしたのだ。だから「タダ働き」になったのだろう。

そうして得られた検査結果が、彼をあの町へと促したのだとしたら……。

「本当に僕らは兄弟だった？」

ポリ袋に飴色玉ねぎを詰めながら、陽介は眉を寄せる。心も思考もざわざわとして、どうしようもなく落ち着かなかった。

もし、兄弟だったなら。

血のつながりのある「家族」なのだとしたら——玉ねぎを詰める手を止め、陽介は自身の両手を見つめる。右手親指の古い傷が、不意に疼いた気がした。

おかしい、と。

(兄弟だったんなら、どうして今、先輩はここにいないんだろう)

自分の本当の母親は日下の母だ、と騒ぎにでも行ったのだろうか。そんなことをしたところで、完全犯罪を遂行できるとは思えない。

完全犯罪はロジックだ。

機械仕掛けのパズルだ。

その中に組み込む歯車として、「兄弟説」はどうにも弱いように思えた。一つの情報としては意味があるかもしれないけれど、それ以上の使い道が分からない。とても、エレガントな犯罪を描き出せるような気がしない。

けれど。桂月也を動かした最後のトリガーは、きっと兄弟鑑定だ。

「母親か……」

飴色玉ねぎを詰め終えて、陽介はミネストローネの鍋に戻った。意味もなくおたまで掻き回しながら、煮込まれていく野菜に自分の思考を重ねる。

鑑定が浮かび上がらせるのは、母親を捜そうとする月也の意思だ。

(きっと、日下じゃなかった)

兄弟鑑定によって、二人が兄弟であることが否定された。日下が実母ではないことが証明された。月也なら、そこで諦めたりはしないだろう。別の誰かを求めて、そして、辿り着いた。

誰に？

(僕の知ってる人ならいいけど……)

あの田舎町の中でしか考えられない自分の狭さに、陽介は苦笑する。それでも、あんな狭い範囲にも、気になる人物が存在する。

印象的な、チャーミングな丸い耳。月也とそっくりのあの耳が、遺伝だとしたら。

「……」

表面に上がってきたローリエの葉を見つめ、陽介は軽く唇を噛んだ。もし、あの家の一人娘が月也の実母だったなら。

いいいいいいい
月也は始めから死んでいたことになる。

「……先輩」

陽介は尻ポケットから、あの手紙を取ろうとした。つい入れてしまったスマホに邪魔される。先にスマホを引き抜いて、ようやく手にした手紙は、ほとんどゴミみたいにぐちゃぐちゃになっていた。

それでも、月也の字は綺麗だった。

ろくに片付けもできず、注意しなければ何日でも同じスウェットを着ていられる、犯罪者思考の持ち主とは思えないほどに。少し左に倒れていて、流れるようで、繊細だ。

それはそのまま、彼の内面を表しているようにも見えた。

(そっか。あの夏から変わってないんだ)

この、あまりにも短い手紙の意味は。何も残さずに行くことはできなかった、彼の弱さの表れなのだろう。

あの夏の日のように。見つけられたいと願う弱さが変わっていないのだとしたら。

それならきっと、言葉は届くはずだ。

信じたい思いで、陽介は月也の頼りない文字を読み返す。「ありがとう。親愛を込めて」など、やはり似合わない。

「遺書にはさせませんから」

呟いて、陽介はとろ火にした。まな板のそばに置いておいたスマホを手紙ごと握り、親指でロックを解除した。

時刻は七時二分。

三時間も必要なかった。あの夏と同じ、分かりやすい心を持った月也を、履歴から選び呼び出す。右耳に響くコール音に陽介は目を閉じた。

(月也先輩)

心の中で呼びかけたタイミングで、耳が捉える音が変わった。空気を切るような単調なノイズは新幹線のものかもしれない。月也の言葉はなかった。

「……………」

陽介も唇が動かなかった。頭の中には組み立てたロジックがあるというのに、いざとなると、喉を通ってこなかった。

「……ミネストローネを作ったんです」

ようやく出てきた言葉は、自分でも呆れてしまうほどにどうでもいいことだった。月也もきっと呆れたのだろう。反応をくれるのは走行音ばかりだ。

「ベーコンがなくて。だからあまり、美味しくないと思うんですけど」

返事はない。けれど、通話が切れるわけでもない。きっと彼は、くるくるとした癖のある黒髪に隠れがちな、あの丸い耳にスマホを当てている。

それは左耳だろう――そう思うのは、右隣にいるイメージがあるからだ。臙脂色のソファの右側。だから、月也はいつだって左耳に陽介の声を受けていた。

「メインはピーマンの肉詰めにしようと思って。飴色玉ねぎ作ったんです。作り過ぎちゃって、冷凍保存することにしたんですけど。ほら、先輩もよく知ってるポリ袋に入れて」

『……』

微かに気配が変わった。きっと、暗い目元を縁取る睫毛を伏せている。ここにいなくても分かる仕草を感じて、陽介はふと思いついた。

「もしかして、作り過ぎるって分かってました?」

『……なんでだよ』

「先輩だから。あの夏と同じなら、本当は見つけて欲しいのかなって」

まさか、と月也は否定する。けれどその声は、新幹線の音よりも微かだった。そこに救いがあることを信じて、陽介はゆっくりと呼吸を整えた。

「今度はどんなトリックですか？」

『……分かったわけじゃねぇんだ』

「そりゃあ僕は、名探偵ではありませんから。放火魔の夏の時だって、時限装置を教えてくれたのは先輩だったじゃないですか」

陽介は短く笑うとガスを止めた。シンクに寄り掛かり、何ともなしに天井を仰ぐ。蛍光管の端が黒ずんでいた。

『一つは、サルモネラ中毒だな』

「あの冷温庫ってミスリードじゃなかったんですか」

『まあ、そう思われても構わなかったけど。せっかくウイルス検査に関わったわけだし、菌類の実験もしてみたかったから。こう、シュークリームあたりに盛ってやろうかなって。あの二人、甘いもんよく食うし』

「でも、食中毒程度じゃ死なないでしょう？」

『そこはまあ、腹痛の薬瓶の中を殺鼠剤《さっそざい》にすり替えてさ。空き瓶を再利用したための不幸な事故を演出しようかと。ほら、キヨとかよく空いた瓶に違うもん詰めてたじゃん。あの要領でさ、薬も毒も滅茶苦茶にって具合でいけっかなって』

「随分と雑な仕掛けですね」

肩をすくめると、右の鼓膜が月也の乾いた笑い声を捉えた。こうして自分が右耳に傾いているのも、あのソファのせいなのだろう。

たとえ同じ部屋にいなくとも。どれほどの距離を離れていても。

月也は陽介の、すぐ右隣にいる。

『メインの計画はパラコートなんだ』

「ああ、いつだったかの農薬」

『そうそう。それを挨拶がてらお前んちから失敬して。ウイスキーにでも混ぜてチチオヤに飲ませてやろうかなって。ハハオヤも、苦しんでる親父見たらビビるだろうから。実はお前にもとっくに毒を盛ってるって脅してさ。解毒剤って偽って結局飲ませる的な？』

「でも。パラコートじゃ確実には殺せないって、先輩が自分で言ってましたよね。嘔吐作用もあるし、誤飲させるのは難しいんじゃないですか」

『……やっぱ雑か』

サルモネラ菌と同じように。月也が語る計画は、どうも「完全犯罪」と言い難い。もっと正確に言うなら、「完全殺人」とは言えないのだ。そのことが陽介に、殺害以外にも方法があることを示唆していた。

「そうですか。先輩はもう、親の命を奪う気はないんですね。サルモネラにしろパラコートにしろ、どっちも中途半端だ。それって、本気で殺す気がないってことですよね。それでも復讐するとしたら」

陽介はちらりと鍋を覗く。ローリエ――月桂樹の葉を睨み付けた。

「社会的に抹殺できればいいんですね」

『さあねぇ』

「先輩」

『まあ、生きてる方がキツいってのは、身に染みてるからな』

月也は今、左脇腹を押さえただろう。彼の始まりであり、象徴とも言える傷痕を。いつもなら加熱式タバコを握る指で、静かに押さえているに違いない。

その手をつかめない代わりに、陽介はスマホを握る手に力をこめる。かさり、と一緒につかんでいた月也の手紙が鳴った。

「だから……先輩は桂月也を殺すんでしょう?」

『へぇ? どうしてそうなるんだよ、名探偵』

「名探偵じゃありませんけど。でも、今だけはそうありたいですね」

陽介は緊張に滲む汗を感じながらスマホを離す。一緒に握っていた手紙を左手に取ると、黄ばんだ蛍光灯にかざした。こうして透かして見ると、ますます頼りなく思える。

「遺書があったので」

『感謝状の間違いだろ』

「ないですよ。僕の知ってる桂月也という男は、ありがとうなんて言葉、知らないような奴ですからね」

『俺のイメージ悪すぎない?』

「信用できないという点では信用できる、それも桂月也ですから」

くすくすと陽介は笑う。といってもその笑いは形ばかりだ。月也への虚勢とも言えるかもしれない。心の中はざわざわとして落ち着かなかった。

言葉でしか繋がれない今。

どういう言葉なら、月也に届くだろうか。彼の行動を止め、気持ちを変えさせるほどに響くのは、どういう言葉なのだろうか。

どうやって、言葉だけで右隣に呼び戻せばいいのだろうか？

「……遺書が、ありましたから。でも、月也先輩のことだから、なんの報復も無しに死んだりはしないと思ったんです。それこそ、自分の命すらも『完全犯罪』のピースとして扱ってから死ぬんだろうなって」

『……………』

「先輩にとっての完全犯罪って、桂を消滅させることですよね。家族として機能しなかったから。自分も含めて消し去ることで自己満足を得たかった。いや、それが先輩なりの承認欲求なんでしょう？」

『今日の陽介、容赦ねぇな』

「真剣ですから」

月也を見据える代わりに、光にかざした手紙を見つめる。右の耳に届くのは、また、走行音ばかりになった。その中に、微かにカリという音が混ざる。

たぶん、爪をかじっている。

新幹線内は全面禁煙だから。タバコに逃げられない代わりに。

「あの夏の放火事件が物語ってます。桂だけを殺したいなら、連続放火なんて真似はしない方がよかった。あんな目立つこと、僕だけが気付いたからよかったものの……だから。先輩の目的は肥大化して歪んでしまってるんです。桂だけのはずが、あの町すらも対象として捉えている。先輩を生み出したくせに誰も見つけてくれなかった場所だから」

『……』

「今回は放火よりもシンプルです。それでいて、確実にあの町に復讐できる。あの町の、その象徴みたいな桂と日下に打撃を与えて、自分だけすっきり死ぬための理由を手に入れたんですよ、先輩は」

『まさか、そんな都合のいいもんがどこに――』

「名前です」

スマホ越しにも息を呑む気配が伝わってきた。陽介は手紙を掲げていた手を下ろす。ひたひたと、二人掛けソファに向かった。

臙脂色のソファは、今なら独り占めできる。けれど、いつものように、左のひじ掛けに腰掛ける。

「月と太陽。キヨさんがどうして、僕らに関係性のある名前を与えたのか……真っ先に思いつくのは兄弟説です。でも、違ったんですよね？」

『ああ。遺伝子的には俺とお前は無関係だった』

「では、単なる思い付きだった？　それはあり得ません。それじゃあ、神社の関係者たるキヨさんが、運勢を無視してまで僕に『陽』を与えた理由を説明できませんから。意図があるんです。月と太陽でなければならなかった理由が」

『……理由って？』

月也の声はどこか白々しい。答えに辿り着いている彼は、あえて知らないふりをしているのだろう。死ぬための切り札を、自分からは明かしてしまわないために。

あるいは、陽介を試しているのかもしれない。

「先輩の、本当の母親を示すことです」

『………』

「先輩。太陽——日光が当たる場所をなんて言うか知っていますか？」

『——日向《ひなた》、だな』

「そうです。その名前、日向さんという家のこと先輩も覚えていますよね。偶然にもあの夏、先輩が放火した家なんですから」

『ああ』

「あの時にも少し話しましたけど、日向家は老いた夫婦の二人暮らしです。子どもは一人だけでしたが、彼女——望さんは、出産時に亡くなられました。孫と一緒に。だから、僕がお遣いに行くと本当の孫のように可愛がってくれたんです。もし孫が生きていたら、僕と同じ年くらいだったから、と」

『そう……だから？』

「僕は子どもでしたから、直接的な話は語ってはもらえませんでしたが。耳の形はよく覚えてます。何度もアルバムを見せてもらいましたから……望さんは、先輩と同じ丸い形の耳でした。耳の形状は遺伝しやすいとされる要素ですよね」

『そうだな』

「キヨさんの意図に、身体的特徴まで加味すれば、もう揺らぎようがないです。先輩の本当の母親は――」

日向望だ。

告げようとした言葉は、月也の息に掻き消された。その息が微かに「エクセレント」と呟いていたように聞こえたのは、陽介の思い過ごしかもしれない。

こんな時でも、心のどこかで、褒めてもらえたらと願っているから。今まで通りに、眼鏡の曇りを馬鹿にされて。調子が良ければエクセレントと、笑ってもらえたら、と。

けれどそれは、陽介だけの身勝手だ。電波の向こう、月也からこぼされたのは、三日月の夜のように暗いため息ばかりだった。

『月は？』

「え？　あ……あれ。そういえば出てきませんね」

『日向は分かるのに、そっちが分かんねぇとか。微妙に抜けてるのは陽介らしいけど。ノゾミだよ。望《ぼう》は満月って意味だ』

「ああ！　だから、先輩は『月』なんですね。そっか。本当の母親とのつながりを、キヨさんは残してくれたんですね」

『そんなもんより物証がよかったたな』

月也の声は吐き捨てるようだった。感情的なようでいて、感情がないような、不思議な調子で彼は続けた。

『まあ、決定的証拠なんて容易に残せるもんでもねぇか。桂と日下の目もあっただろうし……名前を意味ありげにしてくれただけでも感謝してやるべきなんだろうな』

「そうですね。きっと、キヨさんも、本当はこんなことになるなんて思っていなかったんでしょうから」

『え？』

耳元の声が揺らぐ。何かおかしなことを言っただろうか。陽介は首をかしげた。

『キヨだって共犯だろ。いくら桂との不貞の子だからって、母親から子ども奪って、挙句亡き者にするのはやり過ぎだったたから、少しは反省してみせたまでで』

「待って下さい。先輩は望さんが殺されたって言うんですか？」

『シンプルに考えればそうだろ。新聞のデータベースじゃあ「病死」だったけどな。そう都合よく死んでくれるかよ』

「あ、そっか。先輩、出産のこと知らないんですね。そうですよね。きょうだいがいなかったら、子どもが産まれる時なんてそうそう経験しませんもんね。先輩まだ独身ですし」

『……』

「何かしらの事情がない場合、出産ってだいたい家族も呼ばれるんです。妹の時がそうで、母は二人目だから大丈夫って余裕こいてたんですが、助産師さんに連絡させられたって。万が一手術が必要になったり、容体が急変した時に困るらしくって。それで僕まで立ち会う羽目になったんですが……望さんの場合は未婚の母でしたから、ふつうなら、日向夫妻がそばに付き添ったはずです。どこか知らない土地の病院ってわけじゃなく、あの町の病院でのことだったんですから」

分娩室まで立ち会ったかは分からない。けれど、その近くまで日向夫妻が来ていたとしたら、彼らの言動には一つ大きな矛盾が発生する。

もし、日向夫妻が出産時に院内にいたとしたら。

あんなにも簡単に、孫の死を受け入れられないはずだ。院内にいたとしたら、必ず「生」に触れる瞬間があるのだから。

「……先輩、生まれた時から泣いてないとか言います？」

『は？』

「いくら先輩でも『産声』くらい上げてますよね。それを聞いていたら、簡単に『孫も死んだ』とはならないように思うんですよ。まあ、産声直後に急変したとか言われたら、すぐに反論は浮かびませんけど。そういう仮説はちょっと面倒なんで、オッカムの剃刀《かみそり》を使うってことで」

『科学者は最小限の仮定で考えろ、か。それでいくと日向夫妻は産声を聞いていない。つまり、その時病院にはいなかったってわけだ』

「はい。でも、それは奇妙です。望さんと夫妻の仲は良好でしたし。呼ばない理由がないんですよね。むしろ初孫ですから、強引にでも付き添う方があり得そうですし。それなのにその場にいなかったとなると」

『日向望が立ち合いを拒否した。親父——桂の指示か』

「……たぶん」

頷いて、陽介は唇を噛んだ。

日向望のこの行動から推察できるのは、彼女が「子どもを桂に渡そうとしていた」ということだ。

それが、日向望の意思だったのか、口車に乗せられた結果だったのかは分からない。いずれにせよ、「日向家の孫」は最初から産まれない予定だったのだろう。死産ということにして、桂家の第一子、長男として戸籍に記されることは決まっていたのだ。

日向夫妻には隠されたままで。桂議員と望の不貞を隠蔽し、「桂」を守るために。

『なんだ。実母もろくでもねぇな』

「シングルは不安だったでしょうから。桂家の方が幸せに生きられる、少なくとも先輩がお金には困らないって思ったのかも……」

擁護しようとしたものの、陽介は最終的にため息をつくことしかできなかった。

　──幸せって？

　桂で生きる月也の、どこに幸せがあるのだろうか。そのまま日向家で育った方が、もしかしたら、幸せだったかもしれない。母も父もなく、祖父母との暮らしだったとしても。

「……すみません」

『なんで陽介が謝るんだよ』

「だって。この計画には『日下』も絡んでいたはずですから。日向夫妻に孫の死を伝えて誤魔化すのは、桂よりも日下の方が向いてるでしょう？　望さんをケアするふりをして監視したりとか、心に寄り添う──入り込むのは相談役たる日下の専売特許ですから。キヨさんも水子の葬儀とかがありますから、神社をうまく機能させたんでしょう。きっと三家の企てだったんです。三家の圧力によって、望さんは子どもを手放すことを選んだんです」

　きっと、その方が幸せなんだと信じて……とは、やっぱり言葉にできなかった。けれど、望はそう信じたはずだ。フロリダへの夢を捨ててまで選んだ子を、別の家に託すには、それなりの覚悟があったはずなのだから。

『まあ、日向望の本心はもう知りようがねぇからな。騙されたんだろうが何だろうが、引き渡すことに納得してたんなら、わざわざ殺したりはしねぇか。なんだ、マジで病死か。つまんねぇな』

「つまらなくはないですよ。そのせいで、先輩に都合のいい話になるんですから」

『なんでだよ』

「いえ、これはもう僕の空想になるんですが。キヨさんも最初から、罪を示す名前を与えるつもりはなかったんじゃないかって。先輩に『月』を用意したのは、望さんを思ってのことに過ぎなくて。でも、母体の『死』を前にしてしまったから。仮にも神職に携わる身として、罰を感じたんじゃないでしょうか」

陽介は短く息を吐き、月也の手紙、その中の「X」を見つめた。彼の字が綺麗なのは、キヨの指導によるものだ。書道の有段者だったキヨが教えたから、着替えもろくにしないズボラな性格のわりに、こんなにも字だけは美しい。

「そうじゃないと、少しおかしいんです。だって先輩が産まれた日、僕はまだ欠片も存在していなかったんですから。それなのに、子どもたちの名前で罪を示すなんて発想、思い付きます？」

『難しいかもな』

「でしょ。だから……望さんの死に後悔を感じていたから、キヨさんは僕が産まれた時に、罪を示すことを思い付いたんじゃないでしょうか。日下の長男に罪にまつわる文字を与えることで。それはささやかな抵抗に過ぎなかったのかもしれませんが……現に『陽』だけで日向家に辿り着けたでしょ。まあ『月』があってこその疑念でしたけど。こうして名前は、子どもを取り上げたって事実を刻み込むことになったんです。日向家から。望さんから」

『なるほどねぇ。さすが名探偵。よくぞ名前だけでロジックを作ってくれた！』

え、と陽介は眉を寄せる。月也の不自然に明るく、それでいて乾いた笑い声が不可解で、たまらず右側を見る。

二人用の臙脂色のソファ。いつもの場所は空っぽだ。

そこに、三日月の笑みはない。

それは月也もまた、同じ結論に至ったからのはずだ。桂と日下の犯した罪。その立場を危うくするネタを手に入れたから、あの町へと復讐に向かっている。だから、この部屋に彼はいないはずだった。

それなのに、何故、陽介を名探偵と讃えたのだろうか……。

「先輩？」

『オッカムの剃刀』

くすくすと、スマホの向こうで月也が笑った。

『月と太陽。関係性がありそうな名前に基づいて俺がしたことは、兄弟鑑定だけだ。それが否定されたあとは、名前にまつわる仮説は全部切り捨てた。どうせ俺はキヨじゃねぇから、考えるだけ無駄だしな。でも、何か隠れていそうな薄気味悪さは残るだろ。それを「実母の存在」だと仮定した。キヨが秘密にしてたのってそれくらいだしな。では、陽介くん。次に俺がしたことはなんでしょう？』

「え……」

『一九九九年四月七日——俺の誕生日について調べること、だ。俺と実母が関係できたのはその日だけだったはずだからな。取っ掛かりにはちょうどいいと思って新聞社のデータベースを漁ったら、幸運にも気になる記事が見つかった』

それは月也の誕生日翌日、一九九九年四月八日の朝刊だった。

小さいながらも記事は伝える――七日午前七時頃、東北の田舎町で亡くなった母親のことを。そして、出産におけるリスクを訴える記事は、日向望とその子どもが亡くなったことを、はっきりと記していた。

『あの出生率の低い田舎町で、同じ日時に生まれる確率ってどれくらいだろうな。そんな偶然を計算するよりも、死んだことにした子どもを、別の戸籍で生かしたって考えた方がシンプルだ。この仮説なら、検証実験も容易だしな』

「まさか先輩、日向夫妻のDNAも？」

『当然だろ。科学の徒たる俺が、なんの確証もなく動いたりしねぇって。ちゃんと日向のDNA情報を入手しに行ってきました。まったく、いい御時世だよ。新型感染症の調査って言えば、なんも疑わずに毛髪も口腔内細胞も提供してくれんだから。感染症詐欺が横行するわけだ』

「………」

『しかも、桂のお坊ちゃんのためならって、最寄り駅まで出てきてくれんの。なんも知らねぇくせに、立派なお仕事ねって褒めてくれてさぁ』

月也は短く息を吐き出した。

『馬鹿じゃねって感じ』

「そう、ですね……」

検査結果は聞くまでもなかった。母親由来の血筋が明らかになったから、月也は出て行ったのだ。

桂との血縁に、終止符を打つために。

陽介は空っぽのソファを見つめ、彼の手紙を強く握りしめた。

「日向との血縁を示す鑑定書が、あの町――桂と日下への復讐の切り札ってわけですか」

『それだけじゃねぇよ。お前がくれた「名前の物語」もだ。科学的データだけじゃ、理科嫌いには響かねぇけど。生々しい物語は人の心を打つからねぇ……感謝しますよ、陽介くん。君はぼくの予定通りにロジックを作ってくれました。先に「感謝状」を贈った甲斐があったというものです』

「え……」

『信用ならない手紙があれば、君も考えざるを得ないでしょう？　科学をベースとするぼくとは違う思考を持つ君なら、人の気持ちから考える君なら、ぼくとは違うルートを見つけてくれると期待しました。ありがとう。君はとてもエレガントな働きをしてくれた！』

「じゃあ、どうして『ぼく』なんですか」

どうして自分を偽って語るのか。陽介が解き明かすことも計画のうちだったなら、「俺」のまま堂々としていればいい。そこに弱さが残っているのなら、陽介には充分だった。

「それじゃあ、怒れないじゃないですか」

『……』

「それで？　桂月也はこの後どうするんでしょう？」

『……お前の導いた物語とDNA鑑定使って、実母の血族を揺さぶろうかなって。身勝手な事情で孫を奪われて。もしかしたら娘は口封じに殺されたかもしれないって、嘘でもなんでも疑心暗鬼を植え付けて。そうして日向家から始まる疑惑の念が、桂と日下を失墜させてくれるって寸法でさ。最終的に社会的に抹殺できればいいかなって』

「そして、桂月也は死ぬんですね」

一つ確かなこと。いくら日向との血縁関係が証明されても変わらないこと。

月也の血の半分は、結局父親である「桂」のものだ。社会的に抹殺することもできない、その「血」を消す方法は。

そればかりは――

『俺を殺すための完全犯罪だよ、陽介』

右耳で囁く月也の声は、妙に優しかった。「悟り」とでも言うのかもしれない。母に殺されかけた日から、歪に生きてきた彼にとって、「死」は一番の救いだから。それでも生きてきたのは復讐のため――自分を完全に納得させ、自分を殺す罪を犯すためだ。

そんな月也にとっては、もう、充分なのだろう。

「桂の血」をきれいなまま存続させるためだけに、不貞の血――本当の母の存在を、その血のつながりを、徹底的に消し去ろうとした。

乱れを悪と考え、道を外れることを潔癖なまでに嫌う、田舎町での地位を守る。ただ、そのためだけに。名を守り、私腹を肥やすためだけに、真相を葬った。

DNAの中に、こんな甘い凶器を用意されたら。

自分の生まれからして「死」と共にあったことを突きつけられたら……もう、充分なのだろう。自分を殺す理由としては、これ以上必要ないのだ。

「月也先輩。死なないでください」

『……』

「今回だって、僕はあなたを見つけました。だから死なないでください。ミネストローネもご飯も二人分あるんです。二人分作っちゃうんです。二人で食べることがもう、僕らの当たり前だから」

『……こんな風に二人だけの時間が長くならなきゃ、気付かないままでいられたのかもしれないな。だから、二人だったせいでもあるんだよ』

「でも」

『いいんじゃね？　こんなにも日常は変わったんだから』

こんなことまで彼は、新型感染症のせいにするらしい。陽介は左右に首を振る。鼻を落ちかけたべっこう色の眼鏡を押し上げた。

今日の眼鏡も曇っているのだろうか。

だから、月也を止められないのだろうか。

「でも……死ぬ必要はないじゃないですか。先輩が死ななくたって、DNA鑑定書があれば充分、あの人たちの罪を暴露できるでしょう!」

『でも。それじゃあ俺の中の「桂」が絶えねぇし。何より、本当の母親の墓で服毒自殺してたらセンセーショナルだろう? わざわざ日下からパクったパラコート使ってさ。「意味ありげ」っていうのは、ニュースには重要なファクターなんですよ、陽介くん。物語性があればあるほど、憶測が勝手に悪い印象を助長して、破滅を手助けしてくれるんだから』

「くだらない」

『なら、尚更ぴったりだ。どうせ俺の命なんてくだらないもんなんだから』

「本気ですか。本当にもう、帰ってくる気は……」

『ねぇよ』

「そうですか」

陽介は大きく息を吐き出すと立ち上がった。ソファの右端を睨み付けてから、ひたひたと居間を出る。キッチンを通り過ぎ、玄関の重い扉を開けた。

ざあっと雨音が襲ってくる。

しつこさを感じさせる梅雨前線。それがもたらす雨は、外廊下に薄い水たまりを作り、鉄階段の上で弾けていた。

『陽介?』

スマホ越しにも届いたらしい風雨の音は、月也を戸惑わせたようだ。それでいいと口を曲げて、陽介は傘も差さずに階段に座る。あっという間にズボンが湿った。半袖のTシャツも、白を選んだものだから肌が透けていた。

寒さはまだ、さほど感じられなかった。けれど風が吹いている。

こうして濡れたまま、風に体温を奪われ続ければ、いずれ低体温症になるだろう。命に係わるかもしれない。それでも陽介は、もう、立つつもりはなかった。

「決めました。先輩が帰ってくるまで僕も部屋には戻りません」

『は？』

「ここは二人の家ですから。一人でいるわけにはいかないんです。たとえこの雨が止まなくても。風が吹き続けても」

『何、馬鹿なこと――』

「月也先輩」

陽介は瞼を伏せる。眼鏡の隙間から入り込む雨に濡れていく睫毛を感じながら、ふと、微笑んだ。

不意に分かったのだ。自分がなりたかった「家族」の形がなんだったのか。

家族でありたい、その願いの本当の意味が、分かったのだ。

「先輩。僕はあなたに会えて。一緒に過ごせて楽しかった。あなたのくだらない命から幸せをもらったんです。月也先輩と一緒だったから、思い出が色付いたんです。だから、一人じゃ意味がない」

『……』

「だいたい、先輩が先に僕を救ってくれたんですよ。あの夏の日に。家柄なんて忘れちまえって。先に手を伸ばしてくれたから、僕はその手をつかめたんです。その手を今更、離したいなんて思えません。先輩のおかげで、僕は僕として生きられるんですから。自分勝手なことばっかりですけど、でも、やっぱり僕は先輩と一緒にいたい」

陽介は耳元からスマホを離す。スピーカーモードにして、空へと掲げた。

「これからも、僕は桂月也と生きたいんです」

言い終えると、陽介はスマホを手放した。硬い音を立て段の角にぶつかったスマホは、階段下まで転がり落ちていく。

もう、必要ないと思ったのだ。

言葉しか届けられない機械は、もう必要なかった。これ以上伝えられる言葉がないと思った瞬間、陽介の指先は自然と緩んでいた。

(先輩。僕はあなたを信じます)

一緒に生きましょう、と。

陽介は、月也の上にも続いているだろう雲の上の青空に、願った。

——三時間以上、経っただろうか。

アスファルトの上で背を向けるスマホは、時刻を教えてはくれない。ステイホームに加えての雨だから、人の流れもなく、景色もずっと止まっている。

寒いという感覚も、いつからか分からなくなっていた。

それでも身体は、生きようと震え続けている。陽介はすっかり紫色に変色した唇を噛んだ。水滴だらけの眼鏡の向こう、駅へと続く道をじっと見つめた。

空腹で視界がかすんでいても、月也のことなら分かる自信があった。

あんな、悪魔めいた外見の長身は、ここらでは見かけない。歩き方も知っている。重心が少し右に偏っているのだ。きっと骨格が歪んでいる。性格も歪んでいるからそのせいかもしれない。

でも――

「……」

陽介は立ち上がろうとした。冷えのせいで膝が固まっていて叶わなかったけれど。微かな雨の向こうに見つけた月也は、陽介が想像していたようには歩いていなかった。

あの夏からこれまでの間に見たことがないほど、不格好に走っていた。

必死に。全力で。走っていた。

（傘、なくしてるし）

間の抜けたことを思っている間に、月也はマスクを外した。それを濡れたジャケットに突っ込んで、鉄の階段を駆け上がってくる。

「陽介！」

苦しそうに息を乱して、月也は二段下で止まった。

「お前無事か！」

声はひっくり返った。くるりと癖のある前髪から、雨とも汗ともつかない粒が飛んだ。

「え、無事ですけど？」

「なんだよ、落ちたんじゃねぇのかよ。すげぇ音したからてっきり……」

あ、と陽介は思わず階下のスマホを見やる。月也の視線も同じものを捉えた。きつく寄せられた眉間を雫が伝う。

「……わざと？」

「僕は先輩みたいな性悪じゃありません」

事故を演出して気を引こうなどとは思わない。少し頬を膨らませて、けれどすぐ、陽介は笑った。虚勢でもなく、形だけでもなく、きちんと腹の底から。

「やっぱり、機械越しじゃない声がいいですね」

「だからって投げ捨てなくてもいいだろ」

「重力のせいです」

「いつまで座ってんだよ」

「誰かさんが遅かったせいで冷えすぎて、動けないんですよ」

「……ったく」

呆れた様子で眉間を押さえた月也は、ため息をつくと、一段近付いて背中を向けた。段差を利用して陽介を背負う。一瞬よろめいたけれど、確かに、力強く踏み止まった。

「お前、馬鹿じゃねぇの」

「先輩も馬鹿ですから、お互い様です」

「無駄に心配させやがって」

「それだって、お互い様でしょう」

「……生きててよかったよ」

「お互い様です」

小さく笑った陽介は、ふと、明るさを感じた。いつの間にか雨が上がり、雲の重なりの中に日差しが見えた。

そこにわずかに見つかった色に、陽介は目を輝かせる。

「先輩。青空です！」

ん、と月也の足が止まる。陽介を背負い直し、彼もまた空へと顔を上向けた。その口が魔法のように紡いだ。

「Rain before seven, fine before eleven.」

「なんですか、それ」

「いや。陽介は晴男だなぁって思っただけ」

雨男ですよ、と首をかしげる陽介をからかうように、月也は足を動かし始める。かちゃり、と音を立ててドアノブを回した。

ほとんど同時に口にした。

「ただいま」

「おかえりなさい」

*ブルーバード［Blue Bird］青い鳥（幸福のシンボル）

エピローグ

梅雨だからといって、雨ばかりでもないものだ。

七時前の明るい空に広がる雲は、季節に相応しく量が多いけれど。ふとした切れ間の向こうに青を覗かせている。そこから降る光の柱を「天使の梯子《はしご》」と名付けたのは誰だったのだろうか。

気象現象としての名称は、薄明光線《はくめいこうせん》。その神秘的なきらめきは、紫陽花を輝かせるのには向いていても、タバコをふかす月也の背景には不向きだった。

いつものベランダで。

いつもと違うのは、アイアンテーブルの上にあるのがマグカップではないことだ。

ようやく開けることのできた缶チューハイ二本。甘そうな巨峰味。朝からアルコールというのはなんとも背徳的ではあるけれど、それはスティホームのせいということにしよう。

「やっと誕生日って気がします」

両手で缶をつかみ、陽介は微かに笑った。月也は相槌の代わりのように、細長い煙を空へと昇らせる。天使の梯子のきらめきの中に消える煙を見届けて、陽介はチューハイをすった。慣れないお酒は違和感の方が強かった。

「つーかお前、昨日の今日でよく元気だな。あんだけ濡れといて」

「先輩が葛根湯《かっこんとう》と栄養ドリンク買いに行ってくれましたから。完全回復しましたよ。それがなかったら……先輩があと一時間でも遅かったら、まったく違ったかもしれませんね」

「ばーか」

呆れの中に安堵をにじませて、月也はさらに一筋煙を吹く。「だから先輩も馬鹿なんですって」と、陽介は小さく笑った。

「朝ごはん、どうしましょうか。さすがにお酒だけって嫌ですし」

「コンビニ行く？」

「お金があればいいですけどねぇ。九月に向けて節約したいんですよ。バイトもすぐには見つかりそうにないですし」

「九月か……」

「行きますよ。言い出したの先輩なんですから」

月也は睫毛の先を震わせると、加熱式タバコをオフにした。無造作にテーブルへ置き、入れ違いに缶をつかむ。唇を湿らせるように一口含んだ。

「でも俺、生きてっかな」

「はぁ？　まだそんなこと言うんですか。いくら先輩でも、さすがに分かったんじゃないですか。死なれるかもしれない方の気持ちってもんが」

さあねぇ、と月也は笑う。ケラケラとからかうように。人間を惑わす悪魔のように。陽介が睨みつけるとますます愉快そうにして、ふっと閃いた顔をした。

「オニオングラタンスープとかどうよ。どうせ飴色玉ねぎは昨日作ってるんだしさ」

「死にたがりのくせに、食べるんですか」

「死にたがりでも腹は減るんですよ」

「まあ、パンは冷凍庫にあったと思いますし。スープなら解凍してなくても……」

「何よりさ、頭脳労働に食事は必須じゃん？　完全犯罪を目論む死にたがりとしては、糖分補給を世話してもらえるって最高の――」

「ふざけんな！」

陽介はチューハイを握る手に力をこめる。柔らかい缶は容易くへこみ、薄いブドウ色の中身が噴き出した。縁を伝って指を濡らす甘いアルコールは、放っておけばべとつくだろう。さっさと手を洗いに行こうと、陽介は立ち上がる。

「朝ごはんの準備じゃないですからね！」

苛立ちを視線に込めて念を押した。誰が、完全犯罪のための栄養になるものか、と。けれど、月也の目元は涼しいものだ。

「いいけど……食わなくても死ぬよ？　生物の摂理として」

「……………」

「死ねってこと？」

くすくすと笑いながら月也も立ち上がる。陽介は大きく息を吐き出して、部屋の黄ばんだ畳を一歩踏んだ。縁をよけて進もうとしたタイミングで、尻ポケットのスマホが震える。蜘蛛の巣のようなヒビの入った画面に、依頼メールが届いていた。

「理系探偵――」

「今日は休業日」

言葉の途中でスマホを奪い、月也はさっさとキッチンに入る。同じく飲みかけにしたらしいチューハイの缶を冷蔵庫に仕舞った。陽介は自分の分も仕舞うようにと手渡して、指先のチューハイを洗い流した。

「やっぱコンビニ行かね？」

「なんで？」

「パンだけじゃ少なそうだし。お菓子欲しいし」

「税込み百円までですよ」

「コンビニで？」

「コンビニでも、駄菓子なら余裕で買えます」

「ガキじゃねぇから」

言い合いながら、二人お揃いの、ハリネズミ柄のマスクをして外に出る。

今ではすっかり当たり前になったけれど、マスクなんて、ほんの数か月前にはなかった常識だ。

静か過ぎる町並みも、アルコール消毒も、誰かの咳が気になって仕方がないのも。

テレワークにソーシャル・ディスタンス。あちこちに作られた、透明な仕切パネル。人と人との間に、強制的に設けられる距離も。

反対に、ずっと同じ家の中という近すぎる距離感も。

あらゆることが新型感染症によって変えられた。変えることができる、ということが示された。今まで見失っていた、様々なことに気付かされた。

例えば、当たり前のように二人で買い物に行ける、日常の尊さだとか――

「陽介。俺、またPCRセンター手伝ってくる」

外階段の足音で誤魔化すように、月也はさらっと告げた。それでも聞き止めた陽介は、思わず顔をしかめる。凝りもせず、まだ完全犯罪を考えているのだろうか。警戒心を強めたけれど。

月也は気恥ずかしそうに頭を掻き、一〇二号室の角から首をもたげる、青紫色の紫陽花を見おろすばかりだった。

「九月のために稼がねぇとだろ？」

「ああ……って。さっきあしらいましたよね？　本当は何企んでるんですか」

「信用ねぇなあ」

「それが桂月也ですから」

陽介は深く頷く。自信たっぷりに、それが「桂月也だ」と。この確信がいいかどうかは分からないけれど、それを知っているという距離感は、悪いものではないように思えた。

「それで、本当の目的は？」

「言ったら完全犯罪にならなくね？」

「残念。誘導されませんか」

「当然。ただ」

錆びた外階段の最後の一段を飛び越して、月也は陽介から距離を取る。まるで逃げるような背中を、陽介は探るように見つめた。

「あと二年は、ゆっくり考えるのも悪くねぇかなって。ネタはあるわけだから、どう演出するかってだけだし。社会的抹殺以外にも、本当にエレガントな殺人計画が閃くこともあるかもしれねぇじゃん。それができたらいっそう清々しく死ねそうじゃね？」

「また、ふざけたことを」

「それに。少しくらい思い出作ってから死んでやらねぇと、陽介が可哀そうだろ？」

「はぁ？」

「あと二年。卒業までの執行猶予だ」

ケラケラと月也はからかうように笑う。その、悪魔めいた癖の強い黒髪に、陽介はまっすぐに人差し指を向けた。

「二年だけじゃなく、十年後も生きててもらいますから！」

そのためには、やはり腹ごしらえが必要だ。完全犯罪の栄養分にされないためには、理系探偵を頑張ってもらえばいいだろう。陽介は月也に追いつき、となりに並んだ。

「十年後も、一緒にいられるといいですね」

「それは、完全犯罪次第だな」

月也は本当に意地が悪い。お揃いのマスクの下で口をへの字に曲げた陽介は、ふと、彼の言葉の「裏」を悟った。

十年後、一緒にいられるかどうかが、完全犯罪次第ということは。こんなにも科学が発展した現代社会において、ほとんど不可能と言えるそれにゆだねるということは……。

「これだから死にたがりは面倒なんですよ！」

陽介は、眉を寄せつつ笑う。

月也も、暗い目をわずかに細める。

そうして、二人同時に飛び越えた水溜まりには、空の青が映り込んでいた。


（終）

【参考文献】
『ジーニアス英和辞典《改訂版》2色刷り』（大修館書店）
『家族関係を考える』著者・河合隼雄（講談社現代新書）
『知る・味わう・楽しむ　紅茶バイブル』監修者・山田栄（ナツメ企画出版）
『基礎から学ぶ　紅茶のすべて』著者・磯淵猛（誠文堂新光社）
『意識はいつ生まれるのか　脳の謎に挑む統合情報理論』著者・マルチェッロ・マッスィミーニ／ジュリオ・トノーニ　訳者・花本知子（亜紀書房）
『〈わたし〉はどこにあるのか　ガザニガ脳科学講義』著者・マイケル・S・ガザニガ　訳者・藤井留美（紀伊國屋書店）
『生物の中の悪魔　「情報」で生命の謎を解く』著者・ポール・デイヴィス　訳者・水谷淳（SBクリエイティブ）
『量子力学が語る世界像　重なり合う複数の過去と未来』著者・和田純夫（講談社ブルーバックス）
『宇宙の果てまで離れていても、つながっている　量子の非局所性から「空間のない最新宇宙像」へ』著者・ジョージ・マッサー　訳者・吉田三知世（インターシフト）
このほか、日常的に拝読させていただいている数々の科学書に、想像力を養っていただいています。

【参考サイト】
『農林水産省』ジャガイモによる食中毒を予防するために

https://www.maff.go.jp/j/syouan/seisaku/foodpoisoning/naturaltoxin/potato.html
『ビジネスのための Web 活用術。』水平思考とは―垂直思考と違う天才たちの斬新なアイデア発想法を解説
https://swingroot.com/lateral-thinking/
『一般社団法人日本中毒学会』その８　パラコート
http://jsct-web.umin.jp/shiryou/archive2/no8/
『LOVEGREEN』ラディッシュの育て方・栽培―植物図鑑
https://lovegreen.net/library/vegetables/p89055/
『日テレ　ザ！世界仰天ニュース』失神するまさかの食べ物
https://www.ntv.co.jp/gyoten/backnumber/article/20190709_03.html
『医療用医薬品：ジアスターゼ』
https://www.kegg.jp/medicus-bin/japic_med?japic_code=00009916
『JAグループ福岡』インフルエンザワクチン　なぜ卵から?
http://www.ja-gp-fukuoka.jp/education/akiba-hakase/004/index.html

本作は書き下ろしです。
本作品はフィクションです。実際の人物や団体、地域とは一切関係ありません。

TO文庫

死にたがりの完全犯罪と
部屋に降る七時前の雨

2022年2月1日　第1刷発行
2022年8月1日　第2刷発行

著　者　山吹あやめ

発行者　本田武市

発行所　TOブックス
〒150-0002 東京都渋谷区渋谷三丁目1番1号
ＰＭＯ渋谷Ⅱ　11階
電話 0120-933-772(営業フリーダイヤル)
FAX 050-3156-0508

フォーマットデザイン　金澤浩二
本文データ製作　TOブックスデザイン室
印刷・製本　中央精版印刷株式会社

Printed in Japan ISBN978-4-86699-418-5